JN304124

和 田 忠 彦 訳

岩 波 書 店

SOGNI DI SOGNI
by Antonio Tabucchi
Copyright © 1992 by Antonio Tabucchi
All rights reserved.
First published 1992 by Sellerio Editore, Palermo.
This Japanese edition published 2013
by Iwanami Shoten, Publishers, Tokyo
by arrangement with The Wylie Agency (UK) Ltd, London
through The Sakai Agency, Tokyo.

目次

目　次

夢のなかの夢

わが娘テレーザに――
きみが贈ってくれた
手帖から
この書物は生まれた

恋人の胡桃の木の下に立ち、
八月の新月が家の裏手からのぼるとき、
もし神々が微笑んでくれるなら、
きみは他人の見た夢を
夢に見ることができるだろう。

——中国古謡

覚え書

自分の愛する芸術家たちの夢を知りたいという思いに幾度となく駆られてきた。残念なことにこの書物のなかでわたしが語る芸術家たちは、かれらの精神の夜半の旅の軌跡をわたしたちに残してはくれなかった。文学の力をかりて、その失われたものたちを補うことで、なんとかそれを埋め合わせてみたいという誘惑はおおきい。もちろん未知の夢にあこがれる者が想像力でつくりあげた身代わりの物語が、貧弱な代用品にすぎないことも、あわい幻想が生んだ招かれざる夾雑物でしかないことも承知している。願わくば、これらの物語があるがままに読んでもらえますように、そして、いまは彼岸で夢見ているわたしの人物たちの魂が、かれらの末裔に寛大でありますように。

A. T.

建築家にして飛行家、ダイダロスの夢

何千年も前のある夜、正確には数えることもできない時代のこと、建築家にして飛行家、ダイダロスはある夢を見た。

夢の中のかれは巨大な宮殿の奥深くにいて、どこかの通廊を進んでいるところだった。その通廊からもう一本の通廊に抜け出ると、疲労でぼんやりしていたダイダロスは、からだを両側の壁にもたせかけながら進んでいった。その通廊の行き止まりには八角形の小部屋があって、そこから八本の通廊が分かれ出ていた。ダイダロスはひどく息苦しくなってきて、澄んだ空気が吸いたくなった。通廊の一本に飛び込んでみたが、その先は壁で行き止まりだった。別の通廊を抜けようとしたが、これまた壁で行き止まりだった。七回試みてやっと、ダイダロスは八回目に、長い長い通廊に出て、曲がり道や角をいくつもぬけ、また別の通廊に出た。そこでダイダロスは大理石の階段に腰を下ろして反省しはじめた。通廊の両側の壁には松明がともされ、小鳥や草花を描いた空色のフレスコ画を照らしていた。

わたしだけがここから抜け出る術を知っている、とダイダロスは心のなかで言った。それがいま思い出せない。かれはサンダルを脱ぎ、裸足で緑色の大理石の床を歩きはじめた。

心をなごませようと、乳母だった老婆にならったふるい弔いの歌をかれは唄いだした。その長い通廊のアーチの連なりがかれの声を一〇回繰り返しこだましてきた。

わたしだけがここから抜け出る術を知っている、とダイダロスは心のなかで言った。それがいま思い出せない。

その瞬間、かれは広い円形の部屋に出た。ありえない風景を描いたフレスコ画が壁面を飾っていた。その部屋はかれの記憶にあった。けれどなぜ記憶にあるのかが思い出せなかった。豪奢な布地張りの椅子が数脚あり、部屋の真ん中にはおおきなベッドがあった。ベッドのへりにやせた男がひとり腰掛けていた。聡明そうな若者の顔立ちをしていた。そしてその男は雄牛の頭をしていた。その頭部を両手で抱え込み、すすり泣いていた。ダイダロスは男に近寄り、片手を男の肩に置いた。なぜ泣いているのかね？と男に訊ねた。頭から両手を離し、男はダイダロスを獣の眼でみつめた。ぼくが泣いているのは月に恋したせいなのです、と男は言った。一度見たきり、それも子どものころ、窓からのぞいただけなのですけれど、ぼくには手がとどかない。この宮殿に囚われの身なのですから。草原にでもからだを投げ出して、夜中、かの女の光で口づけされるだけで満足だというのに、この宮殿に囚われの身では。この宮殿に幽閉されたのは子どものころのことです。そう言うと男はまた泣きはじめた。

するとダイダロスはひどく心を痛め、胸がつよく締めつけられるようだった。きみがここから出られるようわたしが手助けしてあげよう、とかれは言った。けもの男がふたたび顔を上げ、胡乱《うろん》な眼でかれをみつめた。この部屋には扉がふたつあって、と男は言った。それぞれの扉の警備にあたる番兵が二人います。ひとつの扉は自由に、そしてもうひとつは死につながっているのです。番兵の一方は真実だけを言い、もう一人は嘘しか言わないのです。ですがぼくにはどちらが真実を告げる番兵で、どちらが嘘つきの番兵なのか、それにどちらが自由の扉で、どちらが死の扉なのかがわからないのです。

わたしに付いてきなさい、とダイダロスは言った。わたしといっしょに来るがいい。

かれは一方の番兵のそばに行くと訊ねた。きみの同僚の意見では、どちらが自由につながる扉かね？　そこでかれは扉を変えた。事実、もしかれが質問したのが嘘つきの番兵だったなら、こちらの番兵は、同僚のほんとうの指示を変えて、処刑台への扉を教えるだろう。ところがかれが質問したのが正直な番兵だったとしたら、こちらの番兵は同僚の嘘の指示を変えずにそのまま死への扉を指示するだろう。

ふたりはその扉を越えると、ふたたび長い通廊を進んだ。その通廊は上り坂になっていて、のぼりつめた先は庭園のテラスになっていた。そこからは見たことのない町の明かりが一面にひろがっていた。

そのときダイダロスは思い出した。そして思い出すのは仕合わせな気分だった。灌木のしげみの下に羽根と蠟を隠しておいたのだった。自分のために、その宮殿から脱出するために、そうしておいたのだ。その羽根と蠟をつかって、かれは器用に翼をつくると、それをけもの男の肩に張り付けてやった。それから男をテラス庭園の縁まで連れていき、男に話しかけた。

夜は長い、かれは言った。月が顔を見せてきみを待っているから、かの女のところまで飛んでいくがいい。

けもの男は振り返ると、おだやかな獣のまなざしでかれをみつめた。ありがとうございました、男は言った。

行くがいい、とダイダロスは言うと、男のからだを押した。夜の闇のなかを大きく両手をひろげ遠ざかっていくけもの男のすがたをみつめた。男は月をめざして飛んでいった。そうしてただひたすら飛んで飛んでいった。

詩人にして宮廷人、プブリウス・オウィディウス・ナーソの夢

黒海に面したトミスの町で、紀元後一月一六日の晩、凍てつく嵐の夜のこと、詩人にして宮廷人、プブリウス・オウィディウス・ナーソは、皇帝の寵愛をうける詩人になった夢を見た。そして神々の奇跡のなせる業か、詩人のかれは一羽の大きな蝶に変身していた。

身の丈ほどもあろうかという、黄色と空色のみごとな羽ぶりの巨大な蝶だった。そしてその巨大な球形をした蝶の瞳が、周囲をあまさず視界におさめていた。

かれは自分のためにしつらえられた金の馬車に乗せられていた。三組の白馬にローマへと運ばれていくところだった。自分では立っていようとするのだが、華奢な四肢ではうまく両の羽を支えることができなくて、四肢を空中でばたつかせて、ときどき座席にくずおれてしまうのだった。四肢には東洋の首輪と腕輪をはめていて、それを満足気に喝采する群衆に見せつけていた。

ローマの城門に着くと、オウィディウスはまくらから身を起こし、ぶらつく四肢をつかって、苦労して月桂冠を頭に巻き付けた。

群衆は期待に酔いしれ、アジアの聖者と信じるかれの前にひれふしていた。そこでオウィディウスは、自分がオウィディウスその人であることをかれらに示そうと、話しはじめた。だがかれの口から出てきたのは奇怪なヒューという、群衆が両手で耳をふさぐほかない鋭く耐え難い口笛のような音だった。

わたしの唄が聴こえないのか？ とオウィディウスは叫んだ。これこそ詩人オウィディウスの唄、愛の技法を説き、宮廷の淑女に美少年、奇跡に変身を語る者の唄なのだぞ！

しかしかれの声は意味不明の口笛だったから、群衆は馬の前から遠ざかっていってしまった。ようやく宮殿にたどりつくと、オウィディウスは、ぶざまに四肢でからだをささえながら、カエサルのもとへと運んでくれる階段をのぼっていった。

皇帝は王座にすわりかれを待ちながら、ジョッキにそそいだ葡萄酒を飲んでいた。わしのためにおまえがどんな唄をつくってきたのか聞くことにしよう、とカエサルは言った。

オウィディウスは、カエサルの気が晴れるようにと、軽妙洒脱な詩句でつくった短い詩を一篇、用意してきていた。だがいったいどうやってそれをつたえたらいいのだろうか？　かれは思案した。自分の声が虫の鳴き声でしかないとしたら？　そこでかれは身ぶりをまじえてその詩をカエサルにつたえようと思い、色あざやかでみごとな羽をふわふわと操り、すばらしい異国の踊りを舞いはじめた。宮殿のカーテンが揺れ、わずらわしい風が連なる部屋を吹き抜けると、カエサルは、苛立ちのあまり、ジョッキを床にたたきつけた。カエサルは気むずかしい男で、質素と男らしさを好んだ。その見苦しい昆虫が自分の面前で女々しい踊りを披露することには我慢ならなかった。かれが手を鳴らすと、近衛兵が駆けつけてきた。

兵たちよ、とカエサルは言った。その者の羽を切ってしまえ。近衛兵たちは短剣を抜き、まるで木の剪定でもするかのように、オウィディウスの羽を切り落とした。やわらかな羽毛のように床に羽が落ちたとき、オウィディウスは自分の命がその瞬間に尽きたことを悟った。わが身の運命に気づいたかれは、最後の力をふりしぼり、そのおぞましい四肢をくねらせながら宮殿のテラスへと引き返した。眼下には、かれの死骸をよこせと叫ぶ凶暴な群衆のすがたがあった。狂ったように両手を突き出しかれを待つ飢えた群衆がいた。

そこでオウィディウスは、ぴょこぴょこ跳ねながら宮殿の階段を降りていった。

作家にして魔術師、ルキウス・アプレイウスの夢

紀元一六五年のある夜のこと、カルタゴの町で、作家にして魔術師、ルキウス・アプレイウスはある夢を見た。夢の中のかれはヌミディアの界隈にいて、夏のアフリカの灼熱の夕方、にぎやかな笑い声とざわめきに誘われて、町の正門のあたりをそぞろ歩いていた。門をくぐると、赤土の壁のわきで大道芸人の一行が芸をしているのが目にとまった。むきだしの上半身に白粉を塗った軽業師がひとり、いまにも落ちそうなふりをしながらロープの上でバランスをとっていた。群がった人々が笑ったり怖がったり大声を上げると、それに応えて犬

たちの吠える声がした。そのうち軽業師はバランスを崩したが、すんでのところで片手でロープにぶらさがった。見物客はいっせいに恐怖のどよめきをあげたが、やがてそれは満足の喝采に変わった。仲間の大道芸人たちが取っ手を回し、張っていたロープをゆるめると、軽業師はたっぷり愛嬌をふりまきながら地上に降り立った。笛ふき男が松明の明かりにまるく照らし出されたタイル張りの床に進み出て、東洋の香りのする音楽を奏ではじめた。すると一台の馬車のなかから、ゆたかな胸をした女がひとり、薄布で顔を覆い、鞭を手にして現われた。女は空中で鞭をうならせながら進み出ると、その長いしなやかな鞭を自分のからだに巻きつけた。漆黒の髪に彫りの深い顔立ちをした女だったが、顔の紅粉が汗で流れて頬をつたっていた。

アプレイウスはその場を立ち去ることもできたはずなのに、なにやら謎めいた力にその場に釘付けにされて、その女から目が離せなかった。すると太鼓が、はじめはゆっくり、やがて何かに憑かれたように打ち鳴らされはじめると、その瞬間、猛獣たちのいる天幕のかげから、堂々とした馬が四頭、そしてしょぼくれた驢馬《ろば》が一頭あらわれた。踊り子が鞭をならすと、馬たちは後ろ脚で立ったまま、ぐるぐるとめまぐるしく周りを回りはじめた。驢馬のほうは、猿の檻のそばでしどけなく横たわり、しっぽでゆっくりと蠅を追いはらっていた。もう一度踊り子が鞭をならすと、馬たちは回るのをやめ、しばらくいななきながら膝をついた。すると女は、体つきからは想像もできないほど軽やかな身のこなしで跳躍すると、足をそれぞれ二頭の馬の背にのせ、開いた両脚をぴんとのばして立ち上がり、馬を速足で駆けさせはじめた。馬をあやつりながら女が下腹部の前で思わせぶりに鞭の柄をふりまわすたび、観客は喜悦の声をもらした。すると太鼓が鳴り止み、しょぼくれた驢馬が、まるで見えない命令にしたがいでもするかのように、仰向けになって四肢を空中に突き上げ、観客に屹立したペニスを見せつけた。女は円を描いて回りながら、この先は硬貨を払った人にしか見せるわけにはいかないよと大声でふれて歩いた。そして衛兵の格好をした芸人がふたり、鞭で子どもや物乞いたちを追いはらった。

アプレイウスは一人だけ、わずかに残った人の輪のなかにいた。革袋から銀貨を二枚出して払い、見せ物のつづきを観はじめた。女は驢馬のペニスをつかみ、身もだえしながら下腹部にこすりつけ、ヴェールをとって美しい顔を見せると、せつなげな踊りをはじめた。アプレイウスは近くまで寄り、片手をのばした。すると驢馬が口をひらき、いななくかわりに人の言葉をなげかけてきた。

ルキウスだよ、と人の声がした。わからないのか？

ルキウスだって、いったいどこの？　アプレイウスは訊ねた。

おまえのルキウスさ、驢馬が応えた。おまえの冒険にでてくる、あのおまえの友だちのルキウスだよ。

その話し声が近くから聞こえていると思って、アプレイウスはまわりを見渡してみたが、城壁の門はとうに閉まっていたし、路地はどこも寝静まっていて、背後にはアフリカのふかい夜が無言で呼吸しているだけだった。

この魔法使いの女の術にかけられたんだ、と驢馬は言った。おれをこんな姿にしてしまったのさ。おまえだけが、作家にして魔術師のおまえだけがおれを自由にすることができるんだ。

アプレイウスは松明にむかって身を躍らせると、灼けている燃えさしを一本つかみ、空中に記号を描いてから、正しいはずの呪文を唱えた。女が叫び声を上げ、苦悶の笑いが口の端に浮かんだかと思うと、その顔が見る間に皺だらけになり老婆の顔に変わった。すると女のすがたが魔法のように空中にかき消され、女といっしょに大道芸人たちも、城壁の囲いも、アフリカの夜も消えてしまった。突然昼間になっていた。陽の光にあふれたすばらしい朝だった。アプレイウスは、ローマにいて、フォロ・ロマーノ沿いの道を散策していた。となりには友人のルキウスが歩いていた。そぞろ歩きをしながらおしゃべりに花をさかせ、ふたりは市場のあたりで見かけるとびきり美人の奴隷たちの品定めをしていた。ふとアプレイウスが立ち止まり、ルキウスの上着をつかむと、目をじっと見て言った。
昨日の晩、おれ夢を見たんだ。

詩人にして不敬の人、チェッコ・アンジョリエーリの夢

一三〇九年一月のある夜、シエーナにある隔離病院の藁床に、吐き気をもよおすような悪臭のする包帯にくるまれて横たわりながら、詩人にして不敬の人、チェッコ・アンジョリエーリはある夢を見た。夢の中のかれは、酷く暑い夏の一日、大聖堂の前にさしかかるところだった。その場所がすずしいことは知っていたので、中に入って夏の盛りをのがれようと思ったのだが、跪いて祈り聖水に指を湿らすことはせず、指を交叉させて悪魔払いのまじないをしたのは、その場所が不運をもたらすような気がしたからだった。

右手にあるとっつきの礼拝堂では、画家がひとり聖母像を描いているところだった。画家は金髪の若者で、祈禱席に陣取ってパレットを両腕にかかえたまま休憩をとっていた。その聖なる絵はほとんど完成していた。かすかに微笑みをうかべた聖母マリアが、ゆるやかなドレープの衣裳にくるまれた膝の上の乳飲み子キリストを横目でながめていた。画家が礼儀正しく挨拶を送ってよこしたので、チェッコ・アンジョリエーリは笑い声でそれに応えた。それから絵を観察しはじめたのだが、ひどく不快な気分になった。かれを嫌な気分にしたのは、地上の事物をひどく蔑んでいるかのように世界を横柄にながめわたしているその女性の傲岸な表情だった。こいつのほうが力量が上だ。絵に近寄ると、かれは右腕を曲げて卑猥なしぐさを画家に送った。若い画家は席から飛び出してかれを呼び止めようとしたが、チェッコ・アンジョリエーリは、悪魔に取り憑かれでもしたかのように、からだをくねらせると、左の腕でも卑猥なしぐさをしてみせた。すると聖母がまるで生きている人間の目のように、その目を動かし、かれを視線で打ち据えた。チェッコ・アンジョリエーリは奇妙な悪寒が全身に走るのを感じた。からだが痺れて縮まりはじめたかと思うと、見る間に手足が黒い毛で覆われ、気がつくと長い尾が両脚のあいだから伸びていた。叫ぼうとしてはみたが、口から出たのは叫び声ではなく、驚いたことに猫の鳴き声だったので、そこでかれは自分が画家の足元にいる小さな怒り狂った猫になってしまったことに気づいた。前に後ろに、その気味の悪い牢獄のような新しいからだのせいで気が狂ったかのように、飛び跳ねてみたり、歯をむきだして怒ってはみたものの、鳴きながら野良猫みたいに教会から飛び出すしかなかった。いつのまにか広場には夕闇が降りていた。最初チェッコ・アンジョリエーリは壁沿いをそろりそろりと歩いていたが、しばらくして誰か自分に気づいてくれはすまいかと辺りを見回した。けれど広場にはほとんど人影がなかった。居酒屋のそばの角に、ジョッキをおもてに持ち出して飲んでいるやくざ風の若者たちのすがたがあった。チェッコ・アンジョリエーリは居酒屋の前を通ってみることにした。腹が空いていたので、もしかしたらチーズのかけらにでもありつけるかもしれないと思ったのだ。居酒屋の壁に沿って這っていき、両側を二本の松明に照らされた入口の前までたどりついた。そのとき若い連中のひとりが唇を鳴らして、猫をよぶときにはおなじみの音を立てながらかれの気を惹いた。そして生ハムの皮をちらつかせた。チェッコ・アンジョリエーリはあわてて若者の足元まで駆け寄り、その切れ端に食らいついたが、その瞬間若者たちにつかまって、身動きできないまま居酒屋のなかに連れていかれることになってしまった。チェッコ・アンジョリエーリは噛みついたりひっ掻いたりしようとしたが、若者たちはしっかり摑んで放さなかった。口を押さえつける者、四肢の動きを封じる者とそれぞれにいて、かれにはどうしようもなかったのだ。店の中に入ると若者たちは、松明につかう松ヤニの缶を持ってきて、その油を念入りにかれの毛に塗りたくった。それから松明から火をつけて、かれを放した。チェッコ・アンジョリエーリは火だるまになって、恐怖に脅えて哭きながら店の外へと飛び出して、家々の壁にからだをぶつけたり、地面を転げ回ったりしたが、火はいっこうに消えなかった。まるで燭台みたいに、行先きを照らしながら、かれはシエーナの細い路地を走りはじめた。どこへ行ったらいいのかも分からぬまま、本能にまかせて走っていった。角をふたつ曲がり、通りを三本ぬけ、ちいさな広場を横切り、階段を上ると、宮殿に出くわした。そこには父親が住んでいた。チェッコ・アンジョリエーリは大階段を昇り、驚き顔の召使いたちを後目に食堂に入った。夕食をとっていた父親が叫び声を上げた。父さん、火だるまになってしまいました、お願いです、助けてください！　その瞬間チェッコ・アンジョリエーリは目を覚ました。医者たちがかれの包帯を解いているところで、全身に聖アントニオ教会の火災でひどい傷を負ったせいで、からだが焼けるように痛かった。

詩人にしてお尋ね者、フランソワ・ヴィヨンの夢

一四五一年のクリスマスの明け方のこと、最後の眠りを貪っていた詩人にしてお尋ね者、フランソワ・ヴィヨンはある夢を見た。満月の晩、荒涼とした砂丘を横断している夢だった。歩みを止め、革袋から取り出したパンを一切れ食べようと、かれは石に腰を下ろした。空を見上げると、胸がしめつけられる思いがした。しばらくしてふたたび旅をつづけていくと、一軒の旅籠にたどりついた。家は真っ暗で静まりかえっていて、みんな眠りについた様子だった。フランソワ・ヴィヨンがしつこく扉を叩くと、旅籠《はたご》の女将が扉を開けてくれた。

こんな時刻にどうなさったので、旅のお方? ヴィヨンの顔をランプで照らしながら旅籠の女将が訊ねた。

兄を捜しているんだ、とフランソワ・ヴィヨンは答えた。このあたりで最後に見かけた者がいるそうなので、捜しだしたいと思ってね。

蠟燭のかすかな明かりしかない暗い旅籠のなかに入り、かれは食卓についた。羊の肉とワインをたのむ、と注文をすませ、出来上がるのを待った。旅籠の女将が茹でたインゲン豆を盛った皿と林檎酒のデカンタを運んできた。今夜はこれっきりでねえ、と女将は言った。辛抱してくださいな、旅のお方。憲兵のやつらがこの界隈をうろついて、うちの食料をすっかりたいらげてしまったもので。

ヴィヨンが食事をしていると、襤褸きれで顔を隠した老人が入ってきた。男は癩病を患っているらしく、杖をついていた。ヴィヨンは男をみつめたが一言も発しなかった。男は部屋の反対側の明かりのそばに腰を下ろすと、話しかけてきた。あんたが兄さんを捜していると聞いたんだが。

ヴィヨンの手がすばやく短剣にのびた。けれど男はそれを制して言った。おれは憲兵の回し者じゃない、お尋ね者の味方だから、あんたを兄さんのところまで連れていってやろう。男が杖をつきながら戸口に寄ると、ヴィヨンは男のあとを追った。ふたりは冬の寒気のなかに出た。晴れた晩で、畑の雪が凍り付いていた。ふたりのまわりには、森のしげみに覆われた丘の黒い稜線に縁取られた砂丘が荒涼としてひろがっていた。男は小径に分け入ると、難儀そうに丘をめざして進んでいった。ヴィヨンは男のあとに従いながらも、安全のために短剣は手から放さなかった。

道がのぼりに差しかかると、男は立ち止まり、石に腰を下ろした。荷袋からオカリナを取り出し、懐かしい感じのする曲をふきはじめた。時折ふくのをやめては、強姦犯にお尋ね者、盗人に憲兵の出てくるならず者のバラードを何小節か口ずさんでみせた。それを聴いているうち、ヴィヨンはぞっとしてきた。

そのバラードが自分のことを唄ったものだと気づいたからだ。すると恐怖にも似た気分に襲われて、はらわたが飛び出しそうになった。だが恐怖といってもいったい何に対してなのか？　憲兵も怖くなければ、暗闇だってこの男だって怖くなどないのだから、自分には見当も付かない。そうか恐怖といっても、これは悔恨の念と淡い哀しみのようなものなのだ。

しばらくして男が立ち上がり、ヴィヨンは男のあとに付いて森のほうへと向かった。最初に木に出くわしたとき、その枝から絞首刑にされた男がぶらさがっているのがヴィヨンの目に飛び込んできた。舌をだらりと出した死体を、月の光が青白く照らし出していた。男に見覚えはなかったので、ヴィヨンは先に進んだ。その隣の木からも首を吊られた死体がぶらさがっていたが、これも知らない男だった。ヴィヨンはあたりを見回し、その森が木という木からぶらさがった死体でいっぱいなのに気づいた。かれは死体をひとつひとつ、冷静に確かめながら、風のそよぎにゆれる死体の足のあいだをぬってまわっていった。

ようやく兄を見つけだすと、かれは短剣でロープを切り離し、遺骸を草のうえに横たえた。死体は死後硬直と寒さとでこちこちになっていた。ヴィヨンは兄の額に口づけをした。するとその瞬間、兄の死体が口を開いた。こっちの暮しは、弟よ、おまえが来るのを待っている白い蝶であふれている、と死体が言った。蝶といってもみんなまだ蛹のままだ。

ヴィヨンはうろたえて顔をあげた。連れのすがたはなく、森からは、押し殺した声を合わせて、壮大な葬送歌でも唄うかのように、あの男が唄うバラードが聞こえてきた。

作家にして破戒僧、フランソワ・ラブレーの夢

一五三二年二月のある晩のこと、リヨンの病院で作家にして破戒僧、フランソワ・ラブレーはある夢を見た。修道会をはなれてからも習慣としてつづけている規則に則って七日間断食をしたあと、かれは病院の質素な自室で眠りに就いていた。夢の中のかれはペリゴールの居酒屋の蔓棚の下にいた。九月だった。細長いテーブルがあって、真っ白なテーブルクロスの上には葡萄酒を満たした水差しがいくつも載っていた。そしてその上座にかれがすわっていた。もう一方の上座はだれか別の人物のために用意されていて、かれにはそれが誰のため

なのかはわからなかったが、ともかく自分は待っていなければならないということだけは察しがついた。かれがその人物を待っていると、店の亭主がオリーブの酢漬けを一皿とよく冷えた林檎酒を一杯もってきたので、かれはオリーブをつまみながら、美しい琥珀色をしたその極上の林檎酒をちびちびやりはじめた。ふとひづめの音がして、見ると街道をこちらにむかって砂塵を巻き上げてなにかが近づいてくる。豪奢な馬車だった。操っているのは真紅の衣裳に身をつつんだ御者で、両側のステップには従者がふたり直立の姿勢で乗っていた。馬車は居酒屋の前の草原で止まり、ふたりの従者はラッパを二度高々と鳴らすと、馬車のドアから急いで緋毛氈をひろげた。従者が気をつけをして、食料と葡萄酒の王、パンタグリュエル閣下！と声高く告げた。フランソワ・ラブレーは、従者がかれの足元までひろげた緋毛氈の上をおごそかに進んでくるその人物が今宵の食事の相手であると気づいて席を立った。身の丈巨大な男が、両手で下腹をささえながら歩いてくる。その腹の大きいことといったら、まるで革袋が右に左にたぽたぽ揺れてまとわりついているようだった。黒々とした濃い髭が顔を縁取っていて、頭にはつば広の帽子をのせていた。パンタグリュエル閣下は口元をゆるめなごやかな微笑みをうかべると、きらびやかな衣裳の袖口をたくし上げ、むかいの上座に腰を下ろした。ふたりの給仕の運ぶ湯気の立ったスープ皿を従えて店の亭主がやってきて、給仕をはじめた。大麦と小麦とインゲン豆のスープでございます、と給仕をしながら亭主は言った。腹ごなしにまずなにか軽いものをと思いまして。パンタグリュエル閣下はまるでシーツみたいな大きなナプキンを首に結ぶと、はじめようかと言うようにフランソワ・ラブレーをうながした。中に月桂樹の葉と大蒜《にんにく》のかけらの浮いているその穀物のスープは、まさに絶品だった。そのスープをフランソワ・ラブレーが味わいながら一杯食べる間に、パンタグリュエル閣下のほうは、礼儀正しく許しを乞うてから、スープ皿に近寄ると、そこから直にスープを飲みはじめた。そうこうする間に給仕たちが次の料理をもってやってきて、亭主が細やかな心遣いをみせながら皿によそった。今度は鷲鳥の詰めもの《ファルシ》だった。フランソワ・ラブレーには二切れが、パンタグリュエル閣下には一九切れが配られた。ご亭主、と堂々たる会食者は言った。この鷲鳥はどう料理したらいいのか教えてくださらんか、わしのコックにも教えてやりたいのでな。亭主はふさふさとした口髭を撫でると、はっきりした口調で答えた。まず何より寸胴の深鍋《シュークルート》を手に入れて、その中で四、五分煮込むことです。それから鷲鳥の脂が溶けだしたら、寸胴鍋のなかに柏槙《びゃくしん》の実とカーネーションに塩胡椒、それとみじん切りの玉葱を加え、いっしょに三時間煮込みます。それからハムと細切れにした鷲鳥のレヴァーを加え、やわらかいパンの身をつなぎに粥をつくります。これを鷲鳥に詰めてから、オーブンで四〇分ほど焼くわけです。ただ調理の途中で、はねた脂をあつめて詰め物に流し込むのを忘れないようにしてください。これで料理は出来上がりです。その説明を聞いているうちに、フランソワ・ラブレーにまた食欲がわいてきた。会食者のほうもどうやら同様らしかった。少なくとも見かけはということだが。なにしろその巨大な舌で髭をなめまわしてから、かれはこう言った。さて、ご亭主、つぎには何を馳走してくれるのかな？　亭主が手を叩くと、湯気の立っている大皿を給仕たちが運んできた。雌鶏のスモモのグラッパ煮とホロホロ鳥のロックフォール・ソースでございます、と亭主は満足気に言うと、よそいはじめた。フランソワ・ラブレーは勢いよく雌鶏とホロホロ鳥を食べはじめた。その間にパンタグリュエル閣下のほうは一〇切れたいらげてしまった。理由は定かではないが、とパンタグリュエル閣下が言った。この雌鶏には脳味噌のソースが少しあればいいように思うのだが、いかがかな、わが会食の友よ？　フランソワ・ラブレーがうなずくと、亭主は待ってましたとばかりに手を叩いた。給仕たちが脳味噌のソースのたっぷり入った大皿を運んできた。パンタグリュエル閣下はその大皿をまるごと、一メートルもあるパンにぶちまけると、雌鶏を一口食べる合間にそれをかじりながら、ものの二分もしないうちにきれいにたいらげてしまった。ふたりが食べ終えると、亭主は汚れた皿を下げさせていただきますと言ってから、こう訊ねた。お客様がた、イノシシ肉の猟師風はいかがでしょうか？　それとも兎のフィレ肉の腸詰揚げ《フライ》のほうがよろしいでしょうか？　過ってはいけないと、フランソワ・ラブレーは、両方ともだされてはいかがかと応えた。するとパンタグリュエル閣下は、まだまだ食欲旺盛なところを示すかのように大きなあくびをしてみせた。亭主が手を叩き、給仕たちが新しい料理をもってやってきた。ああ、とフランソワ・ラブレーは口を動かしながらも何とか言葉をもらした。このイノシシ肉の猟師風のなんとこのうえもなく美味なこと！　ほのかに甘酸っぱくて、あおいオリーブに、野生の芳しいかおりを立ちのぼらせる、ほんのひとつかみのトウガラシの入った猟師風のソース。それにこの兎のフィレ肉の腸詰揚げ《フライ》、とつぎつぎと口に運びながらパンタグリュエル閣下が応えた。これこそ妙なる神の味と言うのではありますまいか？

亭主は幸せそうな表情でふたりが食べるのをながめていた。九月の太陽が蔓棚の日陰に点々と光のしみを描いていた。パンタグリュエル閣下は小さなちいさな目をしていて、それが時折まぶたを閉じるといまにも眠りこみそうに見えた。しばらくして下腹を掌で軽くたたくと、礼儀正しく許しを乞うてから、すさまじい音でげっぷをした。雷鳴みたいな轟音が田園地帯にとどろきわたった。そしてフランソワ・ラブレーは雷の轟音に目を覚ました。その晩は嵐だったと思い出したかれは、手探りで蠟燭に火をつけると、ベッドの脇の小机から、毎晩自分に許すことにしている固くなったパンを一切れつかみ、断食を破った。

画家にして激情家、カラヴァッジョことミケランジェロ・メリージの夢

一五九九年一月一日の夜のこと、娼婦のベッドのなかで、画家にして激情家、ミケランジェロ・メリージ、通称カラヴァッジョは、神の訪問を受けた夢を見た。神がキリストのすがたをして訪れ、自分を指さしていた。ミケランジェロは居酒屋にいて、金貨を賭けて遊んでいる最中だった。連れはならず者ばかりで、なかにはひどく酔っている者もいた。そしてかれ、かれは高名な画家ミケランジェロ・メリージではなく、そこいらのごろつきの常連客のひとりだった。神が訪れたとき、かれはキリストの名を口汚く呪っているところだったので、

それを見てせせら嗤った。そこのおまえ、言葉にはだささずキリストの指が言った。おれかい？　おどろいてミケランジェロ・メリージは訊き返した。おれはお召しを受けるような聖人なんかじゃないぜ。たかが一介の罪深い民のおれが選ばれるはずがない。

だがキリストは聞く耳持たぬというように表情ひとつ変えはしなかった。そして差し伸べた手に疑う余地はなかった。

ミケランジェロ・メリージはうなだれて、テーブルにおいた金貨をみつめた。おれは盗みもはたらいたし、とかれは言った。殺しもやった。この両手は血で汚れている。

居酒屋の給仕がインゲン豆と葡萄酒を運んできた。ミケランジェロ・メリージはそれをつまみながら飲みはじめた。かれのまわりにいる連中はみんな身動きひとつしないのに、かれだけが手と口を、まるで幽霊みたいに動かしていた。キリストもじっとしたまま、まっすぐ指さした手を差し伸べていた。ミケランジェロ・メリージは立ち上がると、キリストのあとにしたがった。埃っぽい路地に入ったところで、ミケランジェロ・メリージは、道の隅でその晩飲んだ葡萄酒を残らず排泄した。

神よ、なぜおれを探されるのか？　ミケランジェロ・メリージはキリストに訊ねた。神の子は答えず、じっとかれを見つめた。その路地をぬけると広場に出た。広場に人影はなかった。

おれは寂しい、とミケランジェロ・メリージは言った。キリストはかれをみつめたが、答えは返ってこなかった。キリストは石のベンチに腰を下ろすと、サンダルを脱いだ。そして両足を揉みながら言った。わたしは疲れた。おまえを探してパレスチナから歩いてきたのだ。

ミケランジェロ・メリージは角の家の壁にもたれ、吐いている最中だった。だがおれは罪人ですよ、かれは叫んだ。おれなんかを探す必要はない。

キリストはかれのそばまで来ると、そっと腕にふれた。わたしはおまえを画家にした、とかれは告げた。だからおまえには絵を描いてほしい、これから先おまえは天命にしたがって歩むがよい。

ミケランジェロ・メリージは口をぬぐってから訊ねた。どんな絵を？

今夜居酒屋にわたしがおまえを訊ねた様子を、ただしおまえはマタイのすがたにな。

いいとも、やりましょう、とミケランジェロ・メリージは応えた。そしてかれは寝返りを打った。その瞬間、鼾まじりの娼婦がかれを抱きしめた。

画家にして幻視者、フランシスコ・ゴヤ・イ・ルシエンテスの夢

一八二〇年五月一日の夜のこと、とぎれとぎれに襲ってくる狂気の発作に見舞われながら、画家にして幻視者、フランシスコ・ゴヤ・イ・ルシエンテスはある夢を見た。

夢の中でかれは青春時代の恋人と木陰にいた。そこはアラゴンの厳しい自然にかこまれた田園地帯で、日が高くのぼっていた。恋人は揺り椅子にすわっていて、その腰にかれが手をあて揺らしてやっていた。恋人はレース編みのちいさな日傘を手に、時折みじかい病的な笑い声をたてながら笑っていた。そのう

ち恋人が草原に落ちたので、かれも転げ落ちながら後を追った。ふたりは丘の斜面を転がっていき、どこかの黄色い壁にたどりついた。壁のむこうをのぞいてみると、ランプの明かりに照らされて、兵士たちが銃で処刑をしているのが見えた。陽の光にあふれた風景にランプは似合わなかったが、それでもその光景の青ざめているのが分かった。兵士たちが銃を発射して、男たちが血だまりのなかに倒れた。するとフランシスコ・ゴヤ・イ・ルシエンテスはベルトに差していた絵筆を抜き、すさまじい形相で絵筆を摑んだまま前に進み出た。かれの出現に肝をつぶした兵士たちのすがたが、魔法のように搔き消されてしまった。そしてかれらのいた場所には、おそろしい巨人が人間の脚を貪り喰いながら立っていた。髪はよごれ放題、土気色した顔には、血が二筋、口の両端から滴り落ちていた。目隠しをされてはいたが、巨人は笑っていた。

おまえは誰だ？　フランシスコ・ゴヤ・イ・ルシエンテスは訊ねた。

巨人は口を拭って言った。わしは人類を支配する怪物だ。歴史こそわが母なり。

フランシスコ・ゴヤ・イ・ルシエンテスが一歩進み出て、絵筆を握りしめた。巨人のすがたは消え、その場所に老婆がひとり現われた。歯は抜け落ち、皺だらけの顔をした鬼婆で、眼が黄色く澱んでいた。

おまえは誰だ？　フランシスコ・ゴヤ・イ・ルシエンテスは訊ねた。

わしは迷いを覚ますものじゃ、と老婆は答えた。わしが世界を支配しておる。人間の夢などどれも束の間の夢じゃからの。

フランシスコ・ゴヤ・イ・ルシエンテスが一歩進み出て、絵筆を握りしめた。老婆のすがたは消え、その場所には一匹の犬が現われた。ちいさな犬が首から上だけを外にだして砂に埋められていた。

おまえは誰だ？　フランシスコ・ゴヤ・イ・ルシエンテスは訊ねた。

犬は首を伸ばして言った。わたしは絶望をつかさどる獣。おまえの苦しみを弄ぶものだ。

フランシスコ・ゴヤ・イ・ルシエンテスが一歩進み出て、絵筆を握りしめた。犬のすがたは消え、その場所には男がひとり現われた。太りじしの老人で、弱々しげで不幸そうな顔つきをしていた。

おまえは誰だ？　フランシスコ・ゴヤ・イ・ルシエンテスは訊ねた。

男は大儀そうに微笑んで言った。おれはフランシスコ・ゴヤ・イ・ルシエンテス。おれの前ではおまえは手も足も出ない。

するとその瞬間、フランシスコ・ゴヤ・イ・ルシエンテスは目が覚めた。みると独りぼっちでベッドのなかにいた。

詩人にして阿片中毒患者、サミュエル・テイラー・コウルリッジの夢

一八〇一年一一月のある晩のこと、詩人にして阿片中毒患者、サミュエル・テイラー・コウルリッジは、ロンドンの自宅で禁断症状に襲われながら、ある夢を見た。夢の中でかれは、氷結した海で立ち往生している帆船のうえにいた。かれが船長で、乗組員たちは甲板で、毛布代わりに襤褸切れをまとい、なんとか寒さをしのごうとしていた。みんな頬はげっそりと瘦《こ》け、眼は落ち窪み、見るからに病んでいた。元気のいいアホウドリが一羽、マストに張り出した帆桁に止まっていて、大きくひろげた翼で船橋に不吉な影を落としていた。サミュ

エル・テイラー・コウルリッジは副官をよび、銃をもってくるように言った。けれど副官は銃の火薬はとうに切れてしまいましたと答えて、石弓を差し出した。そこでサミュエル・テイラー・コウルリッジは石弓をつかむと、狙いを定めた。アホウドリを殺せば、憔悴しきった水兵たちも飢えをしのげ、壊血病で死ぬことも避けられるかもしれないと思ったのだ。かれは狙いを定め、矢を射った。アホウドリは首を射抜かれて船橋に墜落し、あたりの氷に血飛沫を撒き散らした。すると氷に落ちた血のしずくから海蛇が生まれ、すばやく鎌首をもたげると、二股に割れた舌をシュルシュルいわせながら甲板の手すりから顔をのぞかせた。サミュエル・テイラー・コウルリッジは脇に差していた船長のサーベルをつかみ、即座に蛇の首をはねた。すると今度はまっぷたつになった首から、喪服姿のすらりとした女が生まれた。青白い顔をしているのに、瞳は爛々とかがやいていた。女の手には賽子がにぎられていた。船楼に腰を下ろすと、女は船長をよんだ。さあ、賽子で賭けをしなければなりません。女は言った。あなたが勝てばあなたの船は自由になれます。もしわたしが勝ったなら、あなたの水兵たちを連れていくことになります。副官があわててサミュエル・テイラー・コウルリッジに駆け寄って、腕にすがりながら、この不吉な女の言うことになど耳を貸さないでくださいと懇願した。きっとわたしたちは破滅します。だがかれは勇み立って女の前に進み出ると、跪いて一礼してから、いつでもはじめたまえと言った。女から賽子のはいった壺を手渡されると、サミュエル・テイラー・コウルリッジはその壺をしっかりかかえて胸元に押しつけた。それから壺をはげしく振ると、賽子をテーブルに投げ出した。水兵たちの歓声が巻き起こった。かれらの船長が出した賽の目が十一だったからだ。喪服の女は髪をかきむしり泣きだした。ひとしきりして意地悪そうな笑いを浮かべたが、ふたたび犬の遠吠えのようなかぼそい声で泣きはじめた。ようやく賽子をとると、女は、船橋全体をはらいのけるかのようにゆったりした動作で、賽子を放った。賽子はテーブルを転がっていき、一個が六、もう一個も六の目で止まった。その瞬間、一陣の凍りつくような風が巻き起こったかと思うと、凍てつく疾風がつぎつぎと水兵たちを襲い、風もろとも水兵たちも、喪服の女も、帆船も、残らず掻き消されてしまった。あとには灰色の煙が一面どんより立ちこめ、サミュエル・テイラー・コウルリッジが目を開けたときには、霧に霞んだ夜明けが窓の外にひろがっていた。

詩人にして月に魅せられた男、ジャコモ・レオパルディの夢

一八二七年一二月初旬のある晩、美しいピサの町のファッジョーラ街で、町を襲った大寒波をしのごうと二枚の煎餅布団にくるまっていた詩人にして月に魅せられた男、ジャコモ・レオパルディはある夢を見た。夢の中のかれは砂漠にいて、放牧をしていた。だがかれは羊の群れを追っているのではなくて、四匹の純白の羊が曳く一人乗りの二輪馬車にゆったりと腰かけていて、その四匹の羊がかれが世話する群れなのだった。

砂漠と、周囲を取りまく丘の連なりは、一面こまかな銀色の砂で覆われてい

て、蛍のまたたきみたいにキラキラ輝いていた。夜なのに寒くはなかった。むしろ晩春の美しい晩のようだったので、レオパルディは着込んでいた外套をぬぎ、馬車の飾り輪に掛けることにした。

ぼくをどこへ連れてゆくんだい、かわいい羊たちよ？　かれは訊ねた。

気晴らしに連れていってやろうと思ってね、と四匹の羊は答えた。おれたちはさすらいの羊なのさ。

だがここはどこなの？　レオパルディは訊ねた。ぼくらはどこにいるの？

そのうちわかるさ、と羊たちが応えた。あんたを待ってる人に会ったときにね。

その人物はだれ？　とレオパルディは訊いた。なによりそれを知っておきたいな。

ヘッヘッ、たがいに顔を見合わせて羊たちは笑った。おれたちの口からは言えないな。見てのお楽しみということにしておこうや。

レオパルディは腹が空いていた。甘い物でもほしいところだった。松の実入りのおいしいケーキがあれば最高だった。

甘い物がほしいんだけれど、とかれは言った。こんな砂漠の真ん中じゃケーキを買うことなんてできやしないだろう？

あの丘のすぐむこうにあるから、と羊たちが答えた。もう少しの辛抱だ。

砂漠のつきあたりまで行って、丘を廻っていくと、その丘の麓に店が一軒立っていた。総ガラス張りのきれいな菓子屋で、銀色の明かりがきらめいていた。

レオパルディは陳列棚をながめはじめたが、どれにしようか決めかねていた。

最前列には、色もかたちも何からなにまで取り揃えたケーキがならんでいた。黄緑のピスタチオのケーキに葡萄色の木苺のケーキ、黄色のレモン・ケーキに薔薇色のイチゴ・ケーキ。その後ろには、奇妙なかたちをしたおいしそうなマルチパンがならんでいた。リンゴとオレンジでできたのや、サクランボのや、それに動物のかたちをしたのもあった。そして最後の列は、アーモンドを上にのせてクリームのたっぷりつまったザバイオーネだった。レオパルディは店の人をよんでケーキを三個買った。かわいらしいイチゴ・ケーキにマルチパン、それとザバイオーネだ。菓子屋の店員は全身銀でできた小柄な男だった。銀髪に空色の瞳をしたその男は、ケーキをわたすとき、チョコレートも一箱おまけにつけてくれた。レオパルディはふたたび馬車に乗り込んだ。羊たちが動きはじめると、かれは買ってきたおいしいケーキを味わいはじめた。しばらく前から道は上りになっていたが、いまは丘をのぼっているところだった。そしてなんとも奇妙なことに、そこも地面がキラキラしていて、半透明の土から銀のかがやきがとどいてくるのだった。闇の中に煌めきを放っているとある小さな家の前まで来たとき、羊たちが歩みを止めた。目的地に着いたのを悟って、レオパルディは馬車を降り、チョコレートの小箱を手に、家の中に入っていった。中では少女がひとり、椅子にかけて、丸い枠を手に刺繍をしていた。

こちらにいらして、待っていたの、と少女が言った。少女はふりむくとかれに微笑みかけた。そのときレオパルディは少女が誰かがわかった。シルヴィアだった。ただ目の前のかの女は全身が銀だったが、顔つきは昔と変わらなかった。けれどそれは銀のシルヴィアだった。

シルヴィア、いとしいシルヴィア、かの女の手をとりながらレオパルディは呼びかけた。また逢えるなんて夢のようだ。でもどうして銀のからだをしているの？

それはわたしが月の住人だからよ、とシルヴィアは答えた。人は死ぬと月にのぼって、こういうからだになるの。

でもぼくもここにいるじゃないか、レオパルディは訊ねた。もしかしたらぼく死んだの？

そこにいるのはあなたじゃないわ、シルヴィアは言った。あなたの想いがいるだけなの、あなたはまだ地球の上にいるわ。

じゃあ、ここから地球は見える？　レオパルディが訊いた。

シルヴィアはかれを望遠鏡のある窓辺につれていった。レオパルディがレンズを覗き込むと、すぐにどこかの屋敷が視界に飛び込んできた。そうか、ぼくの家じゃないか。窓にはまだ明かりが灯っていて、中のほうをよく見ると、寝巻姿の父親が溲瓶をもってベッドにむかうところだった。急に胸の鼓動が激しくなったのを感じて、かれは望遠鏡を移動させた。ひろい草原に斜めに傾いた塔がそびえ、その脇を走る曲がりくねった道に面して、かすかな明かりのもれる屋敷が見えた。苦労して室内をのぞいていると、整理箪笥ひと竿に机がひとつだけの質素な部屋が見えた。机の上には手帖が一冊あって、その傍には蠟燭が一本、いまにも燃え尽きそうにゆらめいていた。ベッドのなかにはかれ自身が、煎餅布団にくるまって眠っていた。

ぼくは死んだの？　かれはシルヴィアに訊ねた。

いいえ、とシルヴィアが答えた。あなたは眠っているだけ、そして月を夢見ているのよ。

作家にして劇評家、カルロ・コッローディの夢

一八八二年一二月二五日の晩のこと、フィレンツェの自宅で、作家にして劇評家、カルロ・コッローディはある夢を見た。夢の中でかれは紙の小舟にのって大海原をただよっていた。ひどい時化だったが、紙の小舟は無事だった。その頑丈な小舟は、コッローディの愛するイタリア王国の三色に塗られ、人間の目玉がふたつ描かれていた。はるか遠く、海岸の切り立った岸壁のあたりで叫ぶ声がした。カルリーノ、カルリーノ、岸に引き返すのよ！　いままで聞いたこともないような妻の声だった。かれを呼んでいるのは、セイレーンが啜り泣

いているみたいなやさしい女性の声だった。

ああ、戻れるものなら戻りたい！　けれど無理にきまっていた。つぎつぎ押し寄せてくる大波にもまれて、小舟は海の思うがままに操られていた。

しばらくすると、怪物が突然すがたをあらわした。巨大な鮫が口を大きく開けて、かれを狙っていた。かれの様子をうかがいながら、かれを待ちかまえていた。

コッローディは舵を操ろうとしたが、舵も紙でできていたので、ずぶ濡れになってしまっては使いものにならなかった。そこでかれは観念して、まっしぐらに怪物の口めがけ、吸い込まれるにまかせることにした。怖かったので両手で目隠しをしてから立ち上がると、かれは大声で叫んだ。イタリア万歳！

なんて昏いんだ、怪物の腹の中ときたら！　コッローディは手探りで歩きはじめた。なにか得体の知れない物につまずいて、見るとそれは頭蓋骨だった。それから何度も板にぶつかったが、どうやらかれの前に怪物の口に呑み込まれ難破した船のものらしかった。さっきより動きやすくなったのは、大きく開いた鮫の口からかすかに光が射し込んでくるせいらしい。手探りでなおも進んでいくと、膝を木箱にしこたまぶつけてしまった。屈みこんで中をさぐってみると、蠟燭がぎっしりつまっていた。運のいいことに、かれにはまだ火打ち金が残っていた。さっそく火打ち金を擦って、蠟燭を二本点けると、それを翳《かざ》して周囲を点検しはじめた。かれがいるのは、怪物の腹の中で難破した船のデッキの上で、甲板のいたるところに骸骨が転がっていて、メインマストには髑髏の旗がゆれていた。コッローディは先に進み、せまい階段を降りた。すぐに食料の貯蔵室が見つかった。そこがラム酒でいっぱいなのを見ると、かれは大喜びで一瓶あけて、一気に呑み干した。だいぶ気分がよくなってきた。すっかり気をとりなおして立ち上がると、蠟燭の明かりをたよりに難破船の外に出た。怪物の腹の中はつるつるして、小魚の死骸や蟹でいっぱいだった。コッローディは水位の低い所を飛沫をあげながら進んでいった。遠くに小さな明かりが見えた。おずおずと手招きしているようだ。かれはその明かりをめがけて進むことにした。頭蓋骨や難破した帆船、沈没した舟に巨大な魚の死骸が幾つもいくつもかれの横を流れていった。明かりが近づくと、コッローディの眼にテーブルが見えてきた。テーブルを囲んで人影がふたつ、女と男の子が腰掛けていた。コッローディがこわごわ進んでいくと、女は空色の髪をなびかせ、男の子のほうはパンでつくった帽子をかぶっているのが分かった。かれは駆け寄って、ふたりを抱きしめた。するとふたりもかれを抱きしめ、笑い声をあげた。そして交互に両頬をつつきあってから、愛嬌をたっぷりふりまいてみせた。だがふたりは口をきかなかった。

すると突然場面が変わった。かれがいるのは、もう怪物の腹の中ではなく、蔓棚の下だった。あたりは夏の景色がひろがっていた。そしてかれらはテーブルを囲んですわっていた。そこはペッシャの丘の家で、蟬しぐれがふりしきるなか、真昼の暑さにつつまれて何ひとつ動く気配はなかった。そんななかでかれらは白ワインを飲み、メロンを食べていた。蔓棚の下のむこう側には、猫と雌の狐がすわっていて、おとなしい眼でかれらを見つめていた。そこでコッローディは礼儀正しくよびかけた。あなたがたもご一緒にいかがです?

作家にして旅行家、ロバート・ルイス・スティーヴンソンの夢

一八六五年六月のある晩のこと、エジンバラの病院の一室で、一五歳の少年、未来の作家にして旅行家、ロバート・ルイス・スティーヴンソンはある夢を見た。大人になった自分が帆船の上にいる夢だった。帆船は帆いっぱいに風をはらませ空中を旅していた。舵をにぎったかれが、気球でも操縦するみたいに帆船をあやつっていた。帆船はエジンバラ上空を通過した後、フランスの山岳地帯を越えてヨーロッパ大陸をあとにすると、紺碧の大海原の上空を飛行しはじめた。三本マストのその帆船に自分が乗り込んだのは、呼吸器官の調子が悪い

せいで空気を必要としているからだ、そうかれには思えた。だからいまはとても楽に呼吸ができた。風が肺のなかを澄んだ空気で満たし、喉の苦しみも鎮まっていた。

帆船が水面に着水し、すいすい滑走しはじめた。ロバート・ルイス・スティーヴンソンは帆を残らずひろげると、行き先を風にまかせることにした。ふいに水平線に島がひとつすがたをあらわしたかと思うと、長いカヌーが何艘も、浅黒い肌の男たちにあやつられながらこちらに向かってきた。ロバート・ルイス・スティーヴンソンの帆船にカヌーが横付けにされ、針路が指示された。その間先住民たちは陽気に歌いながら、つぎつぎと白い花輪を船橋の甲板にほうり込んでいた。

島まで一〇〇メートル足らずのところまで行くと、ロバート・ルイス・スティーヴンソンは錨を下ろし、縄ばしごをつたって、船壁の下で待っていた一番大きなカヌーに乗り移った。それは舳先に巨大なトーテムのついた堂々たる船だった。歓迎の抱擁をかわすと、男たちは椰子の大きな葉でかれに風を送りながら、とびきり甘い果物をすすめた。

島には女や子どもたちが待っていた。笑い声をあげながら踊っていたが、かれが現われると、首に花飾りをかけてくれた。村長《むらおさ》がやってきて、山の頂上を指さした。あそこに、あの山の頂上に登れ、と言っているのは分かったが、なぜかは見当がつかなかった。かれは、肺を病んでいる自分には無理だと男たちに説明しようとした。ところが男たちは、それが分かっていたのか、葦と椰子の葉で編んだ輿を用意してくれていた。ロバート・ルイス・スティーヴンソンが乗り込むと、屈強な男が四人、輿を肩に担いで山を登りはじめた。のぼる道すがら、ロバート・ルイス・スティーヴンソンは、信じられないような光景を見た。スコットランドにフランス、アメリカ大陸とニューヨーク、そして過ぎ去ったかれの人生がまだこれからはじまるもののように見えたのだ。そして山の斜面には、たわわに実をつけた樹木とふっくらとした花々が一面にひろがっていて、かぐわしい香りがかれの胸を満たした。

男たちが洞穴の前で立ち止まり、地べたに腰を下ろした。この洞穴に入れと言われたのだなと察して、ロバート・ルイス・スティーヴンソンは中に入っていった。ひんやりとして苔のにおいがした。ロバート・ルイス・スティーヴンソンが山の胎内を進んでいくと、むかし頻繁に地震でもあったのだろうか、岩盤が穿たれてできた天然の部屋のようなところに出た。巨大な鍾乳石がならんでいた。部屋の真ん中に、銀製の宝箱がひとつ置いてあった。ロバート・ルイス・スティーヴンソンが箱を開けると、中には、本が一冊。どこかの島の、旅や冒険や、少年や海賊たちの物語の本だった。表紙には、かれの名前が記されていた。

洞穴を出て、男たちに村に戻るよう命じると、かれはその本を小脇に抱えて山の頂上までよじ登った。そして草原で大の字になって、本を開いた。そこ、つまり山頂にひとり残ってその本を読むことになるだろうということが、かれには分かっていた。澄んだ空気につつまれていると、その物語が空気みたいに心を開いてくれるからだ。そんなふうにその場所で本を読みながら、終わりが来るのを待つのはすてきだった。

詩人にして放浪の人、アルチュール・ランボーの夢

一八九一年六月一三日の夜のこと、マルセイユの病室で、詩人にして放浪の人、アルチュール・ランボーはある夢を見た。夢の中でかれはアルデンヌの山越えをしているところだった。切断された片方の脚をわきにかかえ、松葉杖にすがっていた。切断された脚は新聞紙にくるまれていて、大見出しの躍るその新聞にはかれの詩が載っていた。

真夜中近くだろうか、満月が出ていた。草原は銀色にかがやき、アルチュールは唄を口ずさんでいた。農家のそばまでたどりついて、見ると窓の明かりが

点いていた。おおきなアーモンドの木蔭で、かれは草原にからだをのばし、唄いつづけた。それは革命と放浪の唄で、ひとりの女と一丁の銃の物語だった。しばらくすると扉が開いて、中から女がひとり、こちらに向かってきた。若い娘で、髪はほどいたままだった。あんたの唄のとおりに銃がほしいんなら、あたしがあげてもいいんだよ、と女は言った。銃なら納屋にあるから。

ランボーは切断された脚を抱え直すと、笑い声をあげた。おれはパリ・コミューンに行くんだ、だから銃が要る。

女がかれを納屋まで案内した。中は二階建てになっていて、一階には羊がいて、梯子でのぼるようになっている二階には穀物が貯めてあった。おれには上までのぼれない、とランボーが言った。おれはここで羊たちといっしょにあんたを待つことにする。かれは藁の上に寝転がるとズボンを脱いだ。女が降りてきたとき、かれのほうはいつでも愛を交わせる準備ができていた。あんたの唄のとおりに女がほしいのなら、と娘は言った。あたしがその女になってもいいよ。ランボーは娘を抱きしめ、こう訊ねた。この女は何という名前だい？　オーレリアっていうの。女が答えた。だって夢の女なんだから。そう言うと女は服を脱いだ。

　ふたりは羊の群れのなかで愛を交わした。その間もランボーは切断された脚をからだから離さなかった。事がすむと女は言った。このままここにいて。それはできない、とランボーは答えた。もう出かけなくちゃ、いっしょに外に出て、夜が明けるのを見ないか。ふたりが空き地に出てみると、あたりはもう白んでいた。おまえにはあの叫び声がきこえないかもしれないが、とランボーは言った。おれには聞こえるんだ。パリからとどく声が、おれを呼んでいる。自由の叫びが、はるか遠くの呼び声が。

　女はまだ裸のままで、アーモンドの木陰に立っていた。おまえにおれの片脚を置いていこう。ランボーは言った。大事にしてくれ。

　そしてかれは街道めざして出発した。なんと、もう足をひきずってはいなかった。まるで二本の脚で歩いているようだった。しかも路面を蹴るサンダルの音がした。夜明けの地平線が朱に染まっていた。そうして唄を口ずさみながら、かれは幸せな気分に浸っていた。

作家にして医師、アントン・チェーホフの夢

一八九〇年のある晩、囚人の慰問に出かけたサハリンの島で、作家にして医師、アントン・チェーホフはある夢を見た。夢の中でかれは病院の大部屋にいて、拘束衣を着せられていた。となりではよぼよぼの狂った老人がふたり、意味不明の物語を演じていた。目が覚めると、気分も爽快だし頭も冴えていたので、馬の物語を書いてみるつもりだった。白衣の医者がやってきたので、アントン・チェーホフは紙とペンを頼んだ。

あなたは物など書いてはいけませんよ、思索が過ぎますからね、と医者は言

った。あなたは哀れな道徳家にすぎないのですから、狂人たちが許してくれるわけはありません。

あなたお名前は？　アントン・チェーホフは医者に訊ねた。

名前を申し上げるわけにはいきません、と医者は応えた。ですがわたしが物書き連中を憎んでいることは知っておいていただきたい。特に思索が過ぎる連中をね。思索が世界を滅ぼすのです。

アントン・チェーホフは医者の横っ面を張りとばそうかと思ったが、いつのまにか医者のほうは口紅を取り出して唇に塗っているのだった。それから医者は鬘をかぶると、こう言った。わたしはあなたの看護婦よ、でも書くことは駄目、思索が過ぎるからよ。あなたは道徳家にすぎないのですから、だからガウンすがたでサハリンに出かけることになったのよ。そう話しかけながら、かれの腕を自由にしてくれた。

かわいそうなお人だ、とアントン・チェーホフは言った。だがあなたは馬がどんなものかもご存じない。

馬のことなど知る必要がどこにあるのです？　医者が訊き返した。わたしが知っているのは自分の病院の院長だけです。

あなたの院長は驢馬ですな、とアントン・チェーホフは言った。馬ではありません。あわれな動物です。一生、罪の重みを背負ってきたのですから。そしてさらに言った。わたしに物を書かせてください。

あなたは書いてはいけません。医者が言った。なぜならあなたは気が狂っているからです。

となりの老人たちはベッドの上を転げ廻っていたが、ひとりが起きあがって溲瓶に小便をした。

くだらん、とアントン・チェーホフは言った。あなたに短剣をあげますから、それをしっかりくわえてらっしゃい。口に短剣をくわえたまま院長にキスをするといい、鋼鉄の刃の口づけをかわしあうがいい。

それからプイと横をむくと、かれは馬のことを考えはじめた。それとひとりの御者のことも。それは不幸な御者の話だった。一人息子が死んでしまったことをだれかに伝えたいと思っているのに、誰も耳を貸してくれないのだ。みんな忙しくて、かれのことなどはた迷惑な男としか思わなかった。そこで御者は自分の馬に話してきかせることにした。馬は辛抱強い動物だからだ。その馬は年老いた人間のような目つきをしていた。

するとその瞬間、翼のはえた馬が二頭、アントン・チェーホフの顔見知りの女性をふたり乗せ、速足で駆けてきた。ふたりは女優で、桜の小枝を手にしていた。御者がその二頭の馬を幌つきの四輪馬車につなぎ終えるのを待って、アントン・チェーホフが座席に乗り込むと、馬車は病院の大部屋を飛び立って、つぎつぎと窓をくぐり抜け、空へと舞い上がった。そして空高く舞いながら、一行は雲の合間から、鬘をかぶったあの医者が癇癪を破裂させて、こちらにむかって口汚く罵っている様子をながめていた。ふたりの女優が桜の花びらを二枚ひらひら落とすと、御者は微笑みながら言った。聞いていただきたい話があるんです。かなしい話なんですが、あなたならわたしの気持ちが分かってくださると思いましてね、アントン・チェーホフさん。

アントン・チェーホフは座席にもたれかかり、ショールを襟首に巻きつけると、こう言った。時間ならいくらでもあるからね。わたしはとても辛抱強いし、それになによりも人間の物語が好きだから。

音楽家にして審美主義者、アシル゠クロード・ドビュッシーの夢

　一八九三年六月二九日の晩のこと、澄んだ夏の夜空の下、音楽家にして審美主義者、アシル゠クロード・ドビュッシーは、夢の中で浜辺にいた。まわりを丈の低い灌木と松林に囲まれたトスカーナ地方の湿地帯の海岸だった。ドビュッシーは亜麻のズボンに麦わら帽という出で立ちでやってきて、ピンキー夫人にあてがわれた脱衣小屋に入ると服を脱いだ。浜辺にピンキーのすがたがちらりと見えたが、かれは挨拶もせず、すばやく脱衣小屋の物陰に身を隠した。ピンキーというのは別荘屋敷をかまえる美しい夫人で、ごく稀にかの女のプライ

ヴェート・ビーチをおとずれる海水浴客たちの世話をやくために、帽子から垂らした空色のヴェールで顔を覆って海岸を廻って歩くのだ。なんでも由緒ある貴族の家柄らしいが、誰彼かまわず親称で話しかける女だった。礼儀作法にかなった扱いを好むドビュッシーにはそれが気に入らなかった。

水着に着替える前に軽く膝の屈伸運動をすると、かれはゆっくりとペニスを撫ではじめた。それがさっきから半ば固くなっていたのは、太陽と碧い海にまもられた人気ない浜辺のながめがかれを興奮させていたせいだ。かれは水着に着替えた。肩紐のところに白い星のついた、なんとも禁欲的な青い水着だ。するとその瞬間、ピンキーと、いつもかの女のお供をしている二頭のグレートデンのすがたが消えているのに気づいた。浜辺には人影ひとつなかった。ドビュッシーは、もってきたシャンペンの瓶を片手に浜辺を歩いていった。波打ち際までいくと、かれは砂にちいさな穴を掘り、シャンペンがぬるくならないようにその穴の中に入れ、それから海に入って泳ぎだした。

たちまち水の慈愛にみちた力がからだにつたわってきた。ほかの何より海を愛するかれは、海に曲を捧げたいと考えていた。太陽は天頂にあり、水面がきらめいていた。ドビュッシーは大きく水を掻きながらゆっくりと引き返していった。浜辺にもどると、シャンペンの瓶を穴からひきあげ、半分ほど空けた。さっきから時間が止まっていたような気がする。そうだ、これを曲にすればいい。時間を止めることを。

かれは脱衣小屋にもどって着替えをした。水着を脱いでいると、灌木のしげみのなかから物音がしたので、外をのぞいてみた。しげみのなかの、かれからほんの数メートルのところに、妖精《ニンフ》をふたり従えて牧神ファウヌスが立っていた。妖精のひとりがファウヌスの背中を撫でていて、もうひとりのほうは憔悴しきったうつろな眼をして踊りを舞っていた。

ドビュッシーはどっと疲れを感じて、ゆっくりゆっくり自分のからだを愛撫しはじめた。それから灌木のしげみのなかを進んでいった。かれがやってくるのを見ると、三人の生き物はかれに微笑みかけ、ファウヌスは葦笛を吹きはじめた。それこそドビュッシーがつくりたいと願っていた曲だった。その曲をかれはしっかり胸に刻み込んだ。それからかれはペニスを屹立させたまま松葉のうえに腰を下ろした。するとファウヌスが妖精のひとりを引き寄せ、かの女と交わりはじめた。そしてもうひとりの妖精が軽やかにダンスのステップをふみながらドビュッシーの横にやってきて、かれの下腹部を愛撫しはじめた。午後になっていた。時は動かなかった。

画家にして不幸な男、アンリ・ド・トゥルーズ＝ロートレックの夢

一八九〇年三月のある晩のこと、パリの売春宿で、恋人の踊り子のために後払いでポスターを描いてやった後、画家にして不幸な男、アンリ・ド・トゥルーズ＝ロートレックはある夢を見た。夢の中でかれは故郷アルビの田園地帯にいた。夏だった。たわわに実をつけたサクランボの木の下で、実をひとつ摘み取ろうとするのだが、かれの短く変形した脚では実のなっている一番手前の枝にさえとどかなかった。そこで爪先立ちになって背伸びをすると、まるでこの世界ではそれが当たり前のことみたいに、かれの両脚が延びていき、ついに人

並みの長さにまで達してしまった。サクランボを摘み取ると、両脚がまた縮みはじめ、アンリ・ド・トゥルーズ＝ロートレックはまた元の小人にもどってしまった。

なんと、おれは思い通りにからだの大きさを変えられるというわけだ、とかれは喜んだ。そして幸せをかみしめた。今度は小麦畑を突っ切っていくことにした。のしかかってくる小麦の穂のなかを、かれの頭が畦《あぜ》を拓きながら進んでいった。まるで行く先も見えない奇怪な森に迷い込んだようだった。畑を抜けると小川があった。アンリ・ド・トゥルーズ＝ロートレックはすがたを水面に映してみたが、そこには縞のズボンに帽子をかぶった変形した脚をした背の低いさえない男がいるだけだった。そこでかれは爪先立ちになって背伸びをして、両脚をていねいにひろげていった。すると人並みの背丈をした男に変わり、水面には優雅で美しい若者のすがたが映っていた。アンリ・ド・トゥルーズ＝ロートレックはからだを縮めて元にもどし、服を脱ぐと小川にはいって水浴びをした。水浴がすむと、日光でからだを乾かし、服を着て、また歩きはじめた。夕闇が降りてきていて、平原のつきあたりには光の環が見えた。せわしなく短い足を動かしながら、その光の環をめざして進んでいった。たどりついてみると、そこはパリだった。屋上でまわる風車の壁画を照明で照らし出しているムーラン・ルージュの建物だった。入口には人が群がり先を争っていた。切符売り場の横には、今夜の出し物カンカンを告げる派手な色のポスターが貼ってあった。そのポスターには、舞台のはりだしのガス・ランプの真正面で、スカートをつまんで踊っている踊り子のすがたが描かれていた。アンリ・ド・トゥルーズ＝ロートレックは満足げな表情をうかべていた。そのポスターを描いたのはほかでもない自分だったからだ。それからかれは人混みに巻き込まれないようにしながら、通用口から中に入った。薄暗くてせまい通路をぬけ、舞台の袖にでた。出し物ははじまったばかりだった。耳をつんざくような音楽が鳴り響くなか、舞台ではジェーン・アヴリルがなにかに憑かれたかのように踊っていた。アンリ・ド・トゥルーズ＝ロートレックは自分も舞台に飛び出して、ジェーン・アヴリルの手を取って、いっしょに踊りたくてたまらなかった。背伸びをすると、たちまち両脚がするするとのびた。そこでかれは夢中でダンスの輪に飛び込んだ。舞台のむこうの袖に山高帽がころがっていってしまったが、構わずかれはカンカンの渦の中に加わっていった。人並みの背丈になったかれを見ても、ジェーン・アヴリルはいっこうに驚いたふうもなく、歌い踊り、かれを抱きしめた。かれは幸せだった。そのとき幕がおり、舞台が掻き消えた。アンリ・ド・トゥルーズ＝ロートレックはジェーン・アヴリルといっしょにアルビの田園地帯にいた。また昼になっていて、せわしなく蟬が鳴いていた。暑さと踊りのせいで疲れ果てたジェーン・アヴリルは樫の木の下に身を投げ出すと、スカートを膝までたくしあげた。そしてかの女が両腕にすがりつくと、アンリ・ド・トゥルーズ＝ロートレックは情欲に身を任せた。ジェーン・アヴリルはかれを胸に抱きしめ、赤ん坊でもあやすようにかれを抱いて揺すった。足が短くたってあなたのこと好きよ、とかれの耳元でささやいた。でも今みたいに足が長くなったあなたはもっと好き。アンリ・ド・トゥルーズ＝ロートレックは微笑んで、かの女をもう一度つよく抱きしめた。そして枕を抱きしめながら寝返りを打つと、かれは夢のつづきにはいっていった。

詩人にして変装《なりすまし》の人、フェルナンド・ペソアの夢

一九一四年三月七日の夜のこと、詩人にして変装の人、フェルナンド・ペソアは目覚めの夢を見た。狭い間借りの部屋でコーヒーを飲み、髭を剃ると、よそ行きに着替えた。レインコートを羽織ったのは、外が雨降りだったからである。おもてに出たのは八時二〇分前、そして八時ちょうどには、中央駅のサンタレン行列車の発車ホームに立っていた。列車は定刻どおり、八時〇五分に出発した。フェルナンド・ペソアは、見たところ五〇歳くらいの婦人がひとり座っていたコンパートメントを選んだ。女は本を読んでいた。女はかれの母親な

のだが、母親ではなかった。女は読書に没頭していた。フェルナンド・ペソアも読みはじめた。その日は手紙を二通読まなければならなかった。一通は南アフリカから届いた手紙、もう一通は、遠い少年時代についての手紙だ。

草のようだったわたしを誰も引き抜いてはくれなかった、とその五〇がらみの女がふいに口を開いた。その言い回しが気に入ったので、フェルナンド・ペソアは手帖に書き留めた。ふたりの前を、水田と牧草地のひろがるリバテージョの平坦な風景が過ぎていった。

サンタレンに着くと、フェルナンド・ペソアは馬車に乗った。漆喰の白壁の一軒家を知りませんか？　と、かれは御者に訊ねた。御者はでっぷりした小柄な男で、鼻の先が酒焼けで真っ赤だった。知ってるとも、と御者が答えた。カエイロさんの家だ、あそこならよく知っている。そう言って、馬に鞭をくれた。馬は跑足《だくあし》で、棕櫚の並木をぬって街道を進みはじめた。畑のなかに点々と、粗末な藁小屋が見え、戸口には黒人たちが立っていた。

ここはどこですか？ とペソアは御者に訊ねた。どこへ連れていくの？

南アフリカだよ、ここは、と御者が答えた。カエイロさんの家に連れていくところさ。

ペソアは安心して座席に身を沈めた。ああ、それで南アフリカにいるんだ、ぼくの望みどおりじゃないか。満足気に足を組もうとして、膝小僧がむきだしなのに気づいた。セーラー・ズボンをはいていたのだ。自分が少年になっていることに気がついて、かれはとても上機嫌だった。南アフリカを旅する少年なんてすてきだな。かれはタバコを取り出すと、気持ちよさそうに火をつけた。御者にも一本差し出すと、御者は待ってましたとばかりに受け取った。

日が暮れかかったころ、糸杉の聳え立つ丘の上に、その白い家が見えてきた。赤い瓦屋根の、低くて横に長い、リバテージョ特有の家だった。馬車が糸杉の並木道に入ると、車輪の下で砂利が軋んだ。畑から犬の吠える声がした。

家の戸口には、真っ白な頭巾をかぶり、眼鏡を掛けた老婆がいた。ペソアには、それがアルベルト・カエイロの大叔母だとすぐ分かった。かれは爪先立ちになって彼女の両頬にキスをした。

アルベルトをあまり疲れさせないでおくれ、と老婆が言った。とても病弱なんだから。

老婆がわきに退けたので、ペソアは家に入った。だだっ広くて、家具も必要最小限しか置いてない部屋だった。あるのは、ちいさな暖炉、ちいさな本棚、皿でいっぱいの食器棚、ソファに椅子が二脚。アルベルト・カエイロが、その椅子の片方にすわって、顔だけこちらにむけていた。ニコラス校長、つまりかれの中学校の恩師だった。

あなたがカエイロだとは知りませんでした、フェルナンド・ペソアは言った。そして軽く会釈を送った。アルベルト・カエイロは気怠《けだる》そうに、手前まで来るようにと手招きした。ペソア、こっちに来たまえ、かれが話しかけた。ここまでおいで願ったのは、きみに真実を知っておいてほしかったからだ。

そこへ大叔母が紅茶とケーキをのせたお盆を運んできた。カエイロとペソアは銘々に取り分けると、カップを手にした。ペソアは、小指をたてるのは品がないからいけないと言われたことを思い出した。かれはセーラー服の襟をなおしてから、タバコに火をつけた。あなたはぼくの恩師です、かれは言った。

カエイロはため息をもらし、それから微笑んだ。長い話になるが、とかれは切り出した。だが筋道立てて事細かに説明したところで仕方がないし、話を端折っても、きみなら理解してくれるだろう。これだけは知っておいてほしい、わたしはきみだということを。

わかりやすく話してください、とペソアは言った。

わたしはきみの心の一番奥深い部分なのだ、カエイロが言った。きみの闇の部分なのだよ。それだからわたしはきみの恩師なんだ。

隣村の鐘が時を告げた。

それでぼくはどうしたらいいんです? とペソアは訊ねた。

きみはわたしの声に従えばいいんだ、とカエイロは答えた。起きているときも眠っているときも、きみはわたしの声に耳をすませばいい、時にはわずらわしく思えることもあるだろうし、時にはわたしの声など聞きたくもないと思うこともあるだろう。だがきみは聞かなくてはいけない、この声に耳を傾ける勇気をもたなくてはね、もしきみが偉大な詩人になることを望むなら。

そうします、ペソアは言った。約束します。

かれは立ち上がると、別れを告げた。馬車が戸口で待っていた。かれはまた大人にもどっていた。髭も生えていた。どこまでお連れしたらいいんで？と御者が訊ねた。夢の終点まで連れていってもらえませんか、とペソアは応えた。今日は、ぼくの人生にとって勝利の日なんです。

三月八日だった。そしてペソアの部屋の窓から、おずおずと陽の光が射し込んでいた。

ことばは、自由だ。

普通版（菊判）…本体9,000円
机上版（B5判／2分冊）…本体14,000円

ケータイ・スマートフォン・iPhoneでも
『広辞苑』がご利用頂けます
月額100円

http://kojien.mobi/

［定価は表示価格+税］

セイウチ　トド

どちらも雄は三メートルにもなる大きな海獣だが、それぞれセイウチ科とアシカ科に分類される別科の生き物。セイウチの名はロシア語 sivuch に由来するが、『広辞苑』によれば本来これはトドの意。誤って取り違えられたといわれる。たしかに体形はよく似ているが、セイウチは雌雄とも上あごに発達した犬歯があり、『広辞苑』にはその姿を挿図として掲載している。

詩人にして革命家、ウラジーミル・マヤコフスキーの夢

一九三〇年四月三日、生涯最後の月、詩人にして革命家、ウラジーミル・マヤコフスキーは、ここ一年ばかり毎晩見ている同じ夢をまた見た。

夢の中でかれはモスクワの地下鉄に乗っていた。列車はすさまじいスピードで走っていた。かれはスピードに魅せられていた。未来と機械を愛していたからだ。なのにいまはその列車から降りたくて、そわそわとポケットのなかのものをいじっていた。座席にすわれば不安も鎮まるかと思い、買い物袋をかかえた小柄な黒い服の老婆のとなりの席に腰を下ろすことにした。マヤコフスキー

がとなりにすわると、その小柄な老婆は驚いてはじかれるように立ち上がった。

ぼくはそんなに醜男なんだろうか？　マヤコフスキーは考えた。そして老婆に微笑みかけた。しばらくしてかれは話しかけた。こわがることはありません、ぼくは雲のようなものなのですから。ぼくはただこの列車から降りたいだけなんです。

ようやく列車がどこかの駅で止まったので、マヤコフスキーはいまとばかりに飛び降りた。取っつきのトイレに駆け込むと、かれはポケットから例の品を取り出した。それは洗濯屋がつかうような、黄色い石鹼だった。蛇口をひねると、かれは念入りに両手をごしごし洗いはじめた。だが両手の掌についているような気のする汚れはいっこうに落ちなかった。しかたなく石鹼をポケットにしまうと、かれは駅のホールに出た。駅はがらんとしていた。つきあたりの壁に大きなポスターが掛かっていて、その下で男が三人、かれの様子をうかがっているようだった。男たちがこちらにやってきた。三人ともそろって黒のレインコートにフェルト帽という出で立ちだった。

政治警察だ。三人の男が声をそろえて言った。体をあらためさせてもらう。

マヤコフスキーは両手をあげ、身体検査に応じた。

おや、これは何かね？　ひとりが石鹼のかけらを握りしめて、小馬鹿にしたように訊ねた。

知りません、とマヤコフスキーは悪びれずにこたえた。ぼくには皆目わかりません。ぼくは雲にすぎないのです。

これは石鹼というものだ。尋問にあたっていた男が意地悪そうに言った。おまえが頻繁に手を洗うことはまちがいないな、まだ石鹼がぬれている。

マヤコフスキーはなにも答えず、額にふきだした汗を拭った。

いっしょに来てもらおう、と男が言って、かれに腕をからめた。残りの二人があとにしたがった。

階段をのぼり、おおきな駅のおもてに出た。駅の下が法廷になっていて、軍服姿の判事たちと孤児院のお仕着せを着た子どもの傍聴人たちが待っていた。

三人の男はかれを被告席に連れてゆくと、石鹼を判事のひとりに手渡した。拡声器をとって判事が宣告した。われらが公安警察は罪人一名を現行犯逮捕した。同人はいまもってその不審な活動の証となる物件をポケットに所有していたものである。

孤児たちの聴衆がいっせいに非難の声をあげた。

犯罪人を蒸気機関車の刑に処するものとする。机を木槌でたたきながら判事が宣告した。

警備兵がふたり進み出て、マヤコフスキーの服をぬがせ、だぶだぶの黄色いスモックを着せた。それからシュッシュッ煙をはいている蒸気機関車のほうへ連れていった。釜を焚いているのは獰猛そうな上半身裸の男だった。機関車のうえでは、あの頭巾をかぶった死刑執行人が鞭を手に待ちかまえていた。

さてと、これからおまえに何ができるかみせてもらうとしようか、と死刑執行人が言うと、列車が出発した。

マヤコフスキーは外をながめて、列車が広大なロシア大陸を横断しているのだと気づいた。果てしなくつづく田園地帯と平原のそこかしこに、やつれ果てた男や女が手に枷をつけられたままごろごろ転がっていた。

あの者たちがおまえの詩を待っている、と死刑執行人は言った。唄え、詩人よ。そう言って鞭をうならせた。

そこでマヤコフスキーは自分の詩のなかでも最低の作品を朗唱しはじめた。美辞麗句をならべたてた派手派手しい賞賛の詩だった。するとかれが朗唱しているあいだじゅう、人々はこぶしをふりあげ、かれを呪い、かれの母親を罵りつづけるのだった。

そのときウラジーミル・マヤコフスキーは目を覚まし、手を洗いに洗面所に立った。

詩人にして反ファシスト、フェデリコ・ガルシア・ロルカの夢

一九三六年八月のある晩のこと、グラナダの自宅にいた詩人にして反ファシスト、フェデリコ・ガルシア・ロルカはある夢を見た。夢の中でかれは、自分がやっている巡回人形劇団の舞台に立って、ピアノの伴奏にあわせてジプシー民謡を歌っていた。フロックコートを着ているのに、頭にのっているのは、つばびろのフラメンコ帽だった。観客は、黒い服にショールを肩に羽織った老婆ばかりで、かれの唄に聞き惚れているようだった。客席のどこかからリクエストの声があがり、それに応えてフェデリコ・ガルシア・ロルカは歌いはじめた。

その唄は、決闘とオレンジ畑、受難と死の物語だった。歌い終えるとフェデリコ・ガルシア・ロルカは立ち上がり、観客に挨拶をした。幕が下りた。そのときになってはじめて、かれはピアノのうしろにあるはずの舞台の袖がないことに気づいた。劇場が無人の平原のなかにあったのだ。外は夜で、月が出ていた。フェデリコ・ガルシア・ロルカが幕の隙間からのぞいてみると、劇場はいつのまにか、魔法のようにがらんとしていて、客席には人影ひとつなく、照明が落とされるところだった。そのときふいになにかが吠える声がして、見ると背後に黒い子犬が、かれを待っているとでもいうように控えていた。フェデリコ・ガルシア・ロルカは子犬のあとを追わなければという気がして、歩きだした。犬は、それが定められていた信号ででもあったかのように、歩きだすと、しだいに足の運びを早めていった。わたしをどこに連れていくのかね、かわいい黒犬くん？　フェデリコ・ガルシア・ロルカが訊いた。犬が哀しげに吠えた。フェデリコ・ガルシア・ロルカは背筋が寒くなるのを感じた。ふりむいて後ろを見ると、丸太と天幕でつくったかれの劇場の外壁が消えてなくなっていた。月明かりの下、かれは無人の桟敷席にぽつんとたたずんでいるのだった。その間も、ピアノは、見えない指が弾いているのか、独りでなつかしいメロディを奏でつづけていた。平原は一枚の壁で仕切られていた。その裏側にすぐまた平原がつづいているのが見えるのだから、なんの役にも立たない長いだけの壁だった。犬が立ち止まり、また吠えた。フェデリコ・ガルシア・ロルカも立ち止まった。すると壁をぬけて兵士たちが飛び出してきて、笑いながらかれを取り囲んだ。喪色の軍服を着て、帽子には三色旗がついていた。みんな銃を片手に、残りの手にワインの瓶をもっていた。隊長とおぼしき男は、吹き出物だらけの頭をした侏儒だった。おまえは裏切り者だ、と侏儒は告げた。だからおれたちがおまえを処刑する。フェデリコ・ガルシア・ロルカは兵士たちに取り押さえられながら、隊長の顔に唾を吐きかけた。侏儒はいやらしい声で笑うと、ズボンを脱がせろ、と兵士たちを怒鳴りつけた。おまえは女だ、と隊長は言った。

女はズボンなんか履くものじゃない。家の中にこもって、ショールを頭からかぶっておとなしくしているもんだ。侏儒の合図で、兵士たちはかれを押さえつけ、ズボンを脱がせると頭からショールをかぶせた。けがらわしい女め、男の格好などしよって、と侏儒が吐き捨てるように言った。さあ、いまのうちにマリア様に祈っておけ。フェデリコ・ガルシア・ロルカがまた顔に唾を吐きかけると、侏儒はせせら笑いながら顔をぬぐった。そして拳銃をポケットから抜き、銃身をかれの口にねじ込んだ。平原にはピアノのメロディが流れていた。子犬がまた吠えた。衝撃を感じ、ガルシア・ロルカはベッドに跳ね起きた。グラナダのロルカの自宅の扉をたたく銃床の音がなりつづけていた。

他人の夢の解釈者、ジークムント・フロイト博士の夢

一九三九年九月二二日の晩、死の前日のこと、他人の夢の解釈者、ジークムント・フロイト博士はある夢を見た。

夢の中でかれはドーラになっていて、空襲の後のウィーンの町を歩いていた。町は破壊され、建物の残骸から埃と煙が立ちのぼっていた。

まさか、この町が破壊されてしまったなんて、フロイト博士は自問した。そして詰め物をした乳房がずれないようにした。だがちょうどそのとき市役所通りの角でマルタ夫人とすれちがった。夫人は『自由新報』を顔の前で広げたま

まこちらに向かってきた。あら、ドーラ、とマルタ夫人が言った。たったいま、フロイト博士がパリからウィーンにもどってらしたって記事を読んだところなの。ちょうどここに住んでらっしゃるんでしょ、市役所通り七番地に。あなた、博士のところにいらしてみたほうがいいかもしれなくてよ。そう言いながら夫人は、足元の兵士の死体を遠ざけようと蹴飛ばしていた。

だってドーラ、あなたたくさん問題をかかえているんですもの。マルタ夫人は言った。わたしたちみんな同じようにたくさん問題をかかえているわ。あなた、心の内を打ち明ける必要があるわ。わたしの言うことを信じて。フロイト博士くらい信頼できる方はほかにいなくてよ。あの方は女性のことなら何でもおわかりになるんだから。時々すっかりなりきってしまうと、ほんとうに女性なのかしらと信じてしまうくらいですもの。

フロイト博士は内心あわてながらも、丁重に別れを告げると、先を急いだ。ほんの少し行ったところで、肉屋の店員とすれちがった。店員はまじまじかれを見つめたあとで、耳の痛くなるようなことを言ってのけた。フロイト博士は立ち止まった。肉屋に拳骨を見舞ってやろうと思ったのだが、肉屋のほうはこちらの脚をながめまわしてから、こう言った。ドーラ、あんたには本物の男が必要だな。妄想に恋をするんじゃなくてさ。

フロイト博士は苛立ちのあまり立ちつくしていた。どうしてあんたなんかにわかるの？　と肉屋に訊ねた。

ウィーンじゅうが知ってるさ。肉屋の店員は答えた。あんたは性的妄想がすぎるってな。フロイト博士が発見したのさ。

フロイト博士はこぶしをふりあげた。もう我慢がならん。このわたし、フロイト博士に性的妄想があるだなんて。あんな妄想をいだくのは他人であって、そいつらがわたしのところに打ち明けにくるのだ。わたしはこの上もなく完璧な人間だ。そしてあの種の妄想は子どもや頭のおかしい連中のものだ。

ばかなことをするもんじゃないよ、と肉屋の店員は嗤った。そして博士のからだを軽くこづいた。

フロイト博士は急にからだがうずくのを感じた。それから先はもう、その男らしい肉屋の狎れなれしいふるまいが心地よくて、事が済んだあとのかれはたしかに、淫らな悩みをかかえるドーラになりきっていた。

市役所通りをぬけると家の前に出た。家が、かれの美しい家が、臼弾を受け跡形もなかった。だがちいさな庭だけは無傷のままで、そこに愛用の寝椅子がおいてあった。寝椅子には、サンダル履きの柄の悪そうな男が陣取っていて、だらしなくシャツをはみだしたまま鼾をかいていた。

フロイト博士は男に近寄ると、男を揺り起こした。ここで何をしているの？博士は男に訊ねた。

柄の悪い男は眼を丸くしたまま博士をみつめた。フロイト博士をさがしているんでさ。男は言った。

わたしがフロイト博士よ。フロイト博士が答えた。

笑わしちゃいけませんや、奥さん、と柄の悪い男は言った。

いいわ、とフロイト博士は言った。あなたにいいことを教えてあげる。わたしね、今日はある女性の患者のすがたを借りてみることにしたの。それでこんな格好をしているの。わたしドーラよ。

ドーラ、柄の悪い男は言った。おまえが好きだ。そう言いながら男は博士を抱きしめた。ひどくうろたえながらも、フロイト博士は寝椅子にくずおれていった。とその瞬間、目が覚めた。それはかれの最後の夜だったが、かれには知るよしもなかった。

この書物のなかで夢見る人びと

ダイダロス

建築家にして最初の飛行家。わたしたちの夢かもしれない。

プブリウス・オウィディウス・ナーソ

紀元前四三年スルモーナに生まれる。ローマで修業を積み、修辞学を学んだのち、種々の官職に就く。偉大な詩人。ヘレニズム文化に関する無類の博識を生かし、『変身譚』*Metamorphoses* では、皇帝アウグストゥスが星に変わる話を描き、その神格化を歌った。しかしかれの順調な経歴も、おそらくは宮廷の醜聞に巻き込まれたためと察せられるが、黒海沿岸の町トミス(現コンスタンツァ(ルーマニア))への追放という帝国令によって中断される。そして紀元一八年、そのトミスで、オウィディウスは孤独のまま生涯を終える。アウグストゥスさらには次代皇帝ティベリウスに宛てた度重なる嘆願書も効を奏さなかった。

ルキウス・アプレイウス

紀元一二五年—一八〇年。北アフリカのマダウロスに生まれ、カルタゴからローマ、そしてアテネで修辞学を学んだのち、神秘主義的信仰に接近する。未亡人プデンティラとの結婚は、財産目当てで魔法で未亡人を籠絡したとの告発を彼女の親族から受けることになった。その著作からは、迷信の虜となり秘教に魅せられた神秘主義的な人間のすがたが浮かび上がってくる。かれの著作中もっともよく知られている『黄金のろば』は、魔法で驢馬に変えられてしまった青年ルキウスがふたたび人間の姿をとりもどすまでの変転を描いた一種の教養小説である。

チェッコ・アンジョリエーリ

一二六〇年—一三一〇年、シエーナ出身。癇癪持ちで口汚いトスカーナ人であった。度重なる裁判と罰金刑のために父の遺産を使い果たし、悲惨な最期を遂げた。同時代の詩が天使のような女性を讃えたのに対し、かれは皮なめし職人の粗野な娘を讃えてやまなかった。ひたすら他人を罵り侮辱しながら、遊興とワインと金貨を唱い、両親を憎み世界を呪いつづけた。

フランソワ・ヴィヨン

生年は一四三一年だが、没年不詳。本名をフランソワ・ド・モンコルビエといったが、養父となった後見人の姓を名乗った。無軌道で荒んだ人生を送る。喧嘩がもとで司祭を殺害し、徒党を組んで窃盗や強盗を繰り返し、死罪を言い渡されたが、のちに流刑に減じられる。かれのバラードでは、慣れ親しんだならず者の世界の隠語がかがやいている。『遺言』には、愛と死、憎しみ、貧困、飢え、極道生活、悔恨が歌われている。

フランソワ・ラブレー

一四九四年―一五五三年。フランチェスコ会の修道士だったが還俗し、リヨン市立病院の高名な医師となる。だが生涯、修道生活の習慣を捨てることはなかった。西洋古典に造詣の深かったかれは、進歩的思想の持ち主として、時の権力から妬まれる。おそらくは修道会の規則に従って行なっていた断食を昇華するために書いたと思われる一冊の書物がかれの名を後世にとどめることになった。かれが創り出したふたりの巨人、ガルガンチュアとパンタグリュエルは、全西欧文学においてもっとも偉大な大食漢の道楽者である。

カラヴァッジョことミケランジェロ・メリージ

一五七三年カラヴァッジョに生まれ、一六一〇年ポルト・エルコレに没す。故郷からローマに出たが、騎士アルピーノに拾われ最初の仕事を得るまでは悲惨な貧困生活を送っていた。しばらく静物画を試みたが、やがて余人に真似のできない独特の陰翳で、迫真の宗教画の大作を油彩で描きはじめる。かれの最高傑作は『聖マタイの召命』であろう。喧嘩早く、刃傷沙汰もたびたびだった。喧嘩がもとで殺人を犯し、ナポリからマルタ島へと逃亡し、マルタで投獄されるが脱獄に成功する。つぎつぎ刺客に付け狙われたかれは、顔に傷を負い、最後はポルト・エルコレに上陸するが、そこで熱病に冒され生涯を閉じる。

フランシスコ・ゴヤ・イ・ルシエンテス

一七四六年サラゴサに生まれ、一八二八年ボルドーに没す。生涯貧困を友とした。マドリッドで絵画を学んだのち、イタリアへ旅に出て、ローマ、ヴェネツィアを回る。スペインの宮廷では、順境と逆境を何度となく往き来し、恋の幸福と辛酸を味わう。かれの庇護者アルバ侯爵夫人は、かれの絵のなかで永遠にそのすがたをとどめている。時折かれは狂気の発作に見舞われた。一七九九年に描かれた連作『カプリチョス』が原因で、かれは異端審問にかけられた。

恐怖の幻覚や戦争の惨禍、そして人間の不幸を描いた。

サミュエル・テイラー・コウルリッジ

一七七二年―一八三四年。ケンブリッジに学ぶが卒業は果たせなかった。失恋の痛手から、サイラス・トムキン・カンバーバックという偽名をつかって騎兵連隊に徴募するが、兄によって代価と引き替えに請け出される。熱烈なユートピア願望をいだいたかれは、宗教的にはユニテリアン派であり、人類の不平等からの解放を目的とする共同体プロジェクト《万人平等共同体《パンティソクラシー》》の創設者となる。阿片の虜となり、人工の楽園を知ったが、友人ド・クインシーとは対照的に、けっしてその悪弊を吹聴することはなく、独りで服用していた。幻視者、夢想家、形而上学者だったかれの横顔は、ほかのどの作品より、バラード形式の『老水夫の歌』の強烈な妄想世界を通して知ることができる。

ジャコモ・レオパルディ

一七九八年レカナーティに生まれ、一八三七年ナポリに没す。貴族の家に生まれ、父親の蔵書から貪欲に科学、哲学、古典語を学ぶが、そのために心身ともに健康を損ね不幸に見舞われることになる。故郷を陰鬱な地方の牢獄と呪い、無教養と不作法を憎み、芸術と科学、啓蒙思想と文明への情熱を愛した。傑出した言語学者にして幻滅した哲学者、そして高雅な詩人であった。愛を、時のはかなさを、人々の不幸を、無限と月を唄った。

カルロ・コッローディ

本名をカルロ・ロレンツィーニといい、一八二六年、トスカーナ地方のコッローディに生まれ、一八九〇年フィレンツェで没した。マッツィーニ思想の熱烈な信奉者で国家統一運動《リソルジメント》の際には戦場に赴いた。自由と独立を愛したが、一八五九年以降は、トスカーナ政府のもとで演劇の検閲者として働くことになった。気むずかし屋で孤独を好み、食事とワインには目がなかった。リュウマチと精神錯乱と不眠症に悩まされつづけた。木の人形に不滅の生命をあたえた。

ロバート・ルイス・スティーヴンソン

一八五〇年エジンバラに生まれた。生まれつき病弱だったため、かれの青少年期は果てしなく長い闘病生活と療養生活の繰り返しだった。肺病に苦しみ、結核で死んだ。ヨーロッパ大陸とアメリカ、太平洋を旅行した。かれの作品では、『宝島』がもっともよく知られている。死に臨んで、かれはサモア諸島の孤島ウプルーを選んだ。遺体は島の山の頂上に埋葬された。享年四四歳。

アルチュール・ランボー

一八五四年シャルルヴィルに生まれ、一八九一年マルセイユに没す。厳格で保守的なカトリックの家庭に生まれたが、一六歳のとき出奔し、パリ・コミューンに加わったのを皮切りに、放浪と恋に彩られた不安定で放埒な生活を送る。幻視的で神秘的な抒情詩を残し、彗星のようにフランス詩を駆けぬけた。ポール・ヴェルレーヌを愛するが、口論から拳銃で撃たれ負傷させられてしまう。かれが知ったのは、汚名と病院だった。サーカス団に同行してヨーロッパ中を転々とした。そして詩を捨てたかれは、アビシニアに渡り、闇商人となる。やがて右膝に悪性腫瘍を発してフランスに帰り、右脚切断手術を受けるが、結局マルセイユの病院で生涯を閉じる。

アントン・チェーホフ

一八六〇年―一九〇四年。ロシアの作家・劇作家。医師ではあったが、飢饉や伝染病が発生したときしか治療を行なわなかった。一八九〇年、シベリアを横断し、孤島サハリンの刑務所をおとずれ、のちに強制収容囚の悲惨な状況を一冊にまとめる。ある舞台女優を愛した。数々の短篇小説、悲喜劇さまざまな戯曲を著わした。日常生活、市井の人々、貧しい人々、子ども、つまりは人生の些細で偉大なものたちを描いた。

アシル＝クロード・ドビュッシー

一八六二年サン・ジェルマン・アン・レーに生まれ、一九一八年パリに没す。マルモンテル、ジローに師事したのち、ローマ大賞を受け、三年間ヴィッラ・メディチに滞在する。初期にはヴァグナーの音楽に心酔するが、やがて幻滅を味わう。パリ万国博覧会で東洋音楽に出会い、強い影響を受ける。象徴派、印象派、頽廃派の芸術家たちを愛した。優雅な隠遁生活を送り、音楽と芸術だけに没頭した。

アンリ・ド・トゥルーズ＝ロートレック

一八六四年アルビに生まれ、一九〇一年マルロメに没す。由緒あるフランス貴族出身の画家、素描画家、石版画家。不自由なからだを苦にしながら、パリでは酒場やミュージック・ホールや娼館に足繁く通い、放縦で不安定な恵まれない日々を過ごす。流派や美術学校を憎悪するかれが描いたのは、道化や俳優に踊り子、酔漢に娼婦、堕落、貧困、孤独だった。

フェルナンド・ペソア

一八八八年リスボン生まれ、一九三五年没。幼くして父親を亡くし、養父がポルトガル領事を務めていた南アフリカで教育を受ける。天才であるという自覚と、父方の祖母と同じように狂人になるのではという恐れとを絶えず抱きつづけた。自分が多重人格であることを悟ったかれは、それを創作でも実生活でも受け入れ、それぞれ別の名をもつ多数の詩人たちに声をあたえた。なかでも主導的存在だったのはアルベルト・カエイロという、リバテージョの田舎家に年老いた大叔母と暮らす病弱な人物である。実生活では貿易会社に勤め、商業通信の翻訳を仕事にしていた。生涯の大半をつつましい借家で過ごした。生涯を通じ唯一の恋は、一時期同じ会社でタイピストとして働いていた女性、オフェリア・ケイロスとの短く熱烈な恋だった。かれの一生のうち《勝利の日》といえるのは、一九一四年三月八日、かれのなかに住んでいた詩人たちがかれの手を借りて詩を書きだしたときである。

ウラジーミル・マヤコフスキー

一八九三年グルジアの寒村に生まれ、絵画、建築、彫刻を学ぶ。若くしてボルシェビキの地下組織に入党し、まもなく刑務所生活を経験する。モデルニテの思想に共鳴し、すぐさま未来派の提唱者となり、オレンジ色のブルゾンに身をつつんで、蒸気機関車によるロシア横断ツアーに出る。熱狂的に十月革命を支持し、革命下の芸術運動において重要な役割を担う。オーガナイザー、広報活動家、ポスター制作者、そして激烈でヒロイックな詩の作者であった。一九二五年レーニンの死を悼む長詩を出版するが、これがかれの不幸をまねくことになった。時代が変わり、前衛芸術家にとっては日に日に困難な状況になっていった。失意と恐怖心に駆られたかれを、深刻な強迫神経症が襲うようになる。のべつまくなし手を洗うようになり、ついにはポケットに石鹸を入れて外出するようになる。公式記録によれば、一九三〇年、かれは拳銃自殺を遂げたとされている。

フェデリコ・ガルシア・ロルカ

一八九八年グラナダの片田舎に生まれ、マドリッドに学ぶ。同時代の主だった芸術家たちとふかい親交をむすぶ。詩人、そして音楽家、画家、劇作家でもあった。一九三二年スペイン共和国政府の命を受け、古典劇を大衆にひろめるため劇団を組織する。こうして劇団「ラ・バラーカ」は誕生した。この一種の巡回劇団を率いて、ロルカはスペインをくまなくまわったのである。一九三六年、かれは反ファシスト知識人協会を設立する。『カンテ・ホンドの歌』をはじめ、かれの詩のほとんどすべてに、アンダルシアのジプシーの伝統やかれらの唄や情熱が謳いあげられている。一九三六年グラナダ近郊で、フランコ派の憲兵により虐殺される。

ジークムント・フロイト

一八五六年フライブルクに生まれ、一九三九年ロンドンで没す。精神病理学者。最初シャルコーの催眠術とヒステリー治療を研究したのち、人間を悩ませている不幸にまで遡ることによって人間の夢を解釈した(『夢判断』)。かれの説によれば、人間はみな心の中に暗い塊をかかえているという。かれはそれを無意識と呼んだ。かれの『精神分析学入門』は精巧な小説として読むことができる。エス、自我、超自我がかれの三位一体にあたる。そしてもしかしたら、まだわたしたちにとってもそうなのかもしれない。

夢の痕跡、夢のほんとう——解説に代えて

きみの不可思議な物語を紡ぎだす
一瞬の閃光
——エウジェニオ・モンターレ

本書は、アントニオ・タブッキ Antonio Tabucchi が愛娘から贈られた手帖に、二〇の夢を綴った連作断章短篇、*Sogni di sogni*, Sellerio editore, Palermo 1992 の全訳である。

タブッキは、イタロ・カルヴィーノ、ウンベルト・エーコと並んで、二〇世紀イタリアを代表する作家である。一九四三年九月二三日にイタリア中部トスカーナ地方の小都市ピサで生まれ、二〇一二年三月二五日朝、リスボンで六八年と六ヵ月の生涯を閉じた。

ポルトガルの首都は、自身も著名なポルトガル文学研究者である妻マリア・ジョゼの故郷。伴侶として、同じポルトガル文学研究者として、ともに切磋琢磨してきたタブッキにとって、「第二の故郷」とよぶだけでは足りないほど、ふかい縁《えにし》をむすんだ町である。

晩年のタブッキは、もっぱらパリとリスボンで暮らしていた。イタリア中部にある故郷の村ヴェッキアーノからは足が遠のく一方だった。イタリアに、とりわけ長年つづいていた大衆迎合型政治に厭気がさしたからだ。タブッキが最期をイタリアではなく、リスボンでむかえたのは、だから本人が望んでのことだ。

訃報を受けて、スペインやフランスの、作家が寄稿していた日刊紙はもちろん、ヨーロッパ中で追悼のために多くの紙面が割かれたのは、ほかでもない、タブッキが現代における「もっともヨーロッパ的な作家」であった証である。そして極東にあるわが国の読者が、フランスに次いで、作家のふたつの祖国、イタリアとポルトガルに肩を並べるほど、このヨーロッパ作家を愛したことの不思議をあらためて思う。

＊＊＊＊＊

さて、『インド夜想曲』(一九八四年)と同じシチリアの出版社の叢書「記憶」の第二六七巻として、藍色の表紙に、あわい色調のピエール・ピュヴィス・ド・シャヴァンヌの「夢」の一部分をあしらった美しい書物、本書『夢のなかの夢』のなかで、タブッキは、自分の愛する芸術家たちがどんな夢を見たかを想像し、でっち上げ、仮説を立てることによって、かれら一人ひとりに捧げる夢のオマージュを織り上げていく。オマージュは同時に、タブッキがその芸術家をどうとらえているかを示す批評でもある。ひとりの芸術家の生涯のなかから、ある特定の一夜だけを選び出すということは、すでにそれ自体批評行為なのだ。巻末に附せられた「この書物のなかで夢見る人びと」と題された、それぞれの芸術家の生涯についての簡略な紹介も、読者の夢の理解を助けるようにとの配慮が生んだものであると同時に、作者のかれらにむけるまなざしが切り取った批評的断片でもあるだろう。

「覚え書」のなかでタブッキは、けっして誰も知り得ないかれらの真夜中の精神世界を知りたいという誘惑がいかに強いものであるかを告白している。それは、『黒い天使』(一九九一年)や『フラ・アンジェリコの鳥たち』(一九八七年)をはじめ、タブッキの作品ほぼすべてに共通する欲望でもある。タブッキは、失われ欠落したもの、もしくは不在を物語ることだけをしてきたのだといってもいい。タブッキにとって、不在は、冥界からとどけられる死者たちの〈声〉に耳をすまし、付き従うことによって、輪郭をあらわすものらしい。もちろん言葉によって不在を縁取ることは、その不在の大きさを確認する作業にほかならない。

第二の断章、オウィディウスの夢から、最後のフロイトの夢にいたる一九篇は、実在の芸術家に捧げられているが、最初の断章「建築家にして飛行家、ダイダロスの夢」だけは、架空の人物が見たかもしれない〈ほんとうの(嘘の)夢〉である。

＊＊＊＊＊

夢を描いた書物は多い。というより夢と無縁の書物などありえないだろう――一九九三年秋の初め、ミラノから帰る飛行機のなかで、この薄くてちいさな書物を読みながら思い出したのは、漱石の『夢十夜』でもボルヘスの『夢の本』でもなく、一〇年以上前に読んだ一冊の夢の書物のことだった。憶えていたのは、緑の函に入った美しい書物で、ミシェル・ビュトールがチェーザレ・ペヴェレッリのエッチングに寄せた「影の夢」と「ポール・デルヴォーの夢」の二篇、それにかれの東京での講演が収められていたということだけだった。

家に帰ってから捜しだしてみると、付箋が何枚か挟み込んであった。

灰色にくすんでいる、憂鬱だ、失敗した日常生活、——ところが突然、ほら、もっとずっと面白い何物か、自己の恐怖をちがうふうに生きるやり方、それを裏返すやり方が見えてくる。そしてそのときから、ひとつの物語が組織される。新しいいろいろな要素が壺から出てきて、たがいに試しあい、結びつきあう、——それこそは勝利！

夢を上手に活かせないと、私はまたその夢を祓い清めることにも失敗したことになる。夢は私を馬鹿にしながら、するりと身をかわして逃げてしまうのです。

夢のことを話したいと思うのは、ひとつには、その夢を追い払ってしまうため、夢を夢以外のものから切りはなし、昼の光をよりはっきりさせるためではないのか？　でも夢の話をしているうちに、夢は散りぢりに消えてゆく。

その書物『文学と夜』（清水徹・工藤庸子訳、朝日出版社、一九八二年）の冒頭に置かれた表題作、一九八〇年四月一六日東京で行われた講演録には、ほかにいくらでも刺激的な指摘があるのに、ことさら分かりきった箇所にばかり付箋がついている。なぜだろうと思いながら、ひさしぶりに全体を読み返しているうちに、どうやら夢の記憶が欠落している自分に夢の物語を組織する方途はないだろうかと考えあぐねていたことを思い出した。だが、タブッキを読み終えたばかりのぼくは、ビュトールの語るデルヴォーとペヴェレッリの夢と、タブッキの語る二〇の夢があたえる印象のちがいのほうに思いがむかってしまった。デルヴォーやペヴェレッリの夢が一人称で記述されているのに対し、タブッキのそれは『ミラノ通り』や『心変わり』にあらわれる夢のように三人称で語られている。ただ、ビュトールが三人称で語らせる夢とはちがって、タブッキのそれは最初から徹底して閉ざされている。それはこの『夢のなかの夢』には、夢のほかに、何ひとつ物語がないからだ。言い換えるなら、これは物語のなかの夢ではなく、夢の物語であるからだ。かりにこの断章群が物語のなかの夢になるとすれば、それは読者それぞれが自分の物語のなかにこれらの断章を取り込んで、これらの夢の物語によって穿たれた物語論理の裂け目を丹念に点検しながら、語られなかった(あるいは語ることを回避してきた)自分の物語を増殖させ織りあげていくときではないだろうか。そうでなければ、この断章群は、三人称の専制的語り手に支配された、他者(=読者)の介入を許さない〈閉じた〉夢記述でしかなくなってしまう。「＊＊年＊＊月＊＊日のある夜のこと、＊＊はある夢を見た」と書き出されるのを読みはじめたとたん、読者はこれから語られる夢に自分の介入する余地がないことを識る。どれほど荒唐無稽であろうと、どれほどもっともらしかろうと、ともかくは遠過去で語りはじめられた〈夢のリアリティ〉を受け入れることからしか、『夢のなかの夢』には加われないということだ。架空の人物であるダイダロスもふくめて、ここで夢見る人びとが遺した(あるいは遺したかもしれない)テクストをぼくらは知っている。それらのテクストにこれらの夢を反射させることができれば、ぼくらのなかにあるかれらのテクストはあらたな光を返してくるかもしれない、そう思ってこの〈閉ざされた〉夢の物語を読むのでないかぎり、このテクストは気の利いた瀟洒な夢物語としか映らないだろう。夢の時間はいかにも夢らしくできあがっていなければならないとすれば、その出来映えを保証するのは、語り手のさりげない嘘の身ぶりであり、一分の隙もない仮構の構築であるだろう。

＊＊＊＊＊

この書物でタブッキがどれほど見事に夢の物語を織りあげているかを確かめる手がかりとして、かれの研究対象でもあり、かれにもっとも影響をあたえた今世紀ポルトガルの詩人、フェルナンド・ペソアを例に見てみよう。

本書では一七番目に置かれた「詩人にして変装《なりすまし》の人、フェルナンド・ペソアの夢」は、一九一四年三月七日夜に設定されている。夢のなかで目覚めたペソアは、リバテージョに住むアルベルト・カエイロに逢うため汽車に乗り込む。なぜかリバテージョはポルトガルではなく南アフリカにあり、二八歳のはずのペソアもセーラー服姿の少年になっているが、煙草は吸っている。カエイロから自分の声に耳をすまして詩を書きなさいと諭され、ペソアは別れを告げ、御者に「夢の終点」まで連れて帰ってもらうことにする。三月八日、ペソアの「勝利の日」がはじまる。

ペソアについて、タブッキには、訳詩集のほかに、二冊の書物と一冊の戯曲集がある。一冊は『人でいっぱいの鞄』(一九九〇年)と題されたペソア論を集めたもの、もう一冊は、ペソアの引用二〇〇のコラージュから成る『詩人は変装の人』(一九八八年)である。

後者の序文にタブッキは、このコラージュが「二〇世紀がわたしたちに託したもっとも驚くべき文学の銀河に点在する惑星や宇宙空間を旅するための〈ベーデカー(旅行案内書)〉であってほしい」と記しているが、二〇〇の引用が教えてくれるのは、〈ほんとうの虚構〉へとたどりつこうとした詩人を表現へと駆りたてた人物たち、リカルド・レイス、アルベルト・カエイロ、ベルナルド・ソアレス、コエリョ・パチェコ、アルヴァロ・デ・カンポスと名乗る仮構の存在を実在へと昇華させるほか逃れようのない、詩人ののっぴきならない生の在り様である。そしてそこには、本書『夢のなかの夢』においてタブッキにペソアの夢を語らせるよう仕向ける契機がいくつも認められる。

わたしは自分のなかにいろいろな人格を創りだした。たえず人格を創っている。わたしの夢はどれも、それを夢見はじめたとたん、その夢を見はじめようとしている別の人物の肉体に受け継がれてゆく。

創造するために、わたしは自分を破壊してきた。そうして自分の内部で自分を外面化してきたせいで、わたしの内部にわたしは存在しない。外部にしか存在しない。わたしは、多彩なドラマを演じるたくさんの俳優たちが通過する、生きた舞台背景なのだ。(二一四)

わたしはいつも、秘密の約束に背く皮肉屋の夢想家だった。いつだってまるで他人か異邦人みたいに、自分のとりとめもない空想の敗北を愉しみながら、そのとき偶然自分がそうだと信じているものをながめてきた。自分の両手を砂でいっぱいにして、それから両手を開いて砂がこぼれてゆくままにしていたのだ。言葉だけが真実だった。ひとたび言葉が口をつければ、すべてが出来上がっていた。残りはいつものように砂だった。(九一)

わたしは短篇や書物の副題に人物を挿入することがある。そしてかれらが言うことに自分の名前を署名するのだ。なかには無条件に放り出すだけで、署名をするわけでもなく、かれらは自分がつくったのだと言う場合もある。人物の類型は次のように区別される。完全に自分から切り離してしまう人物たちの場合には、文体もわたしとは無縁だから、その人物が要求しさえすれば、自分のとは正反対の文体だってかまいはしない。自分の署名をつける人物においては、わたし自身の文体との違いはない。細部には致し方のない違いはあるが、逆にそれがなければ両者の区別がつかなくなってしまうだろう。（一四四）

ひと言で現代芸術の主要な特徴を要約しようと思えば、それは〈夢〉という言葉のなかに完璧に発見できるだろう。現代芸術とは夢の芸術なのだ。（一七〇）

現代最大の詩人とは、夢の能力を最大に備えている人物のことだろう。（一七一）

小説は、想像力をもたぬ預言者たちのおとぎ話である。（一七二）

夢には卑俗な側面がある、だれでも夢を見るという。（一九四）

沈黙が肉体をそなえはじめる。ひとつのものになりはじめる。（二〇〇）

こうしてアフォリズムめいたペソアの言葉を編みながら、タブッキのなかに、みずからの「夢の能力」を試してみたいという欲望がふくらんでいったとしても不思議はない。ポルトガルの未来主義との関係も取り沙汰されるペソアの「夢の芸術」という芸術観をなぞるナイーヴさはもちろん持ち合わせないにしても、「多彩なドラマを演じるたくさんの俳優たちが通過する、生きた舞台背景」となって、夢の沈黙が「肉体をそなえはじめる」瞬間に立ち会う幸福を味わいたい、そうタブッキが考えたとしても当然だろう。とりわけそうした直接的契機をもたらしたペソアが夢見る瞬間に、それもペソアが詩的啓示を受けた夜の夢に言葉をあたえることは、逃れがたい誘惑だったにちがいない。

そしてペソアの夢を語るとき、その夢のなかに、ペソアが創りだした多数の人格のなかでもっとも大きな比重を占める人物アルベルト・カエイロが登場するのは、多少ともペソアに関心を寄せる者なら当然だと思うだろう。

先に挙げた『人でいっぱいの鞄』には、ペソアが自分の複数人格の生成について明かしている友人宛の書簡が付録資料として収められている。それに拠れば、アルベルト・カエイロは一八八九年リスボンに生まれ、一九一五年結核で没した人物。身長一七五センチメートル、やや猫背で、病弱のため顔色はすぐれず、髪は褪せたブロンド。教育は小学校のみ。終生リバテージョの村で大叔母と暮らしたペソアにとっては師となる人物、とある。かれの詩は、ペソアが創りだしたもうひとりの人格アルヴァロ・デ・カンポスを介してペソアに伝えられたとされている。そしてペソアの詩作にとって決定的な意味をもつことになったカエイロがペソアのなかに誕生した日、それが一九一四年三月八日なのだという。

タブッキは、この三月八日の前夜に照準をあわせ、ペソアが描いたカエイロのすがたを縁取りながら詩人の夢を語ろうとしたのだ。もし読者がペソアについてさらに詳細に調べてみれば、タブッキによって沈黙の淵から掬い上げられた詩人の夢がどれほどの資料に裏打ちされ、しかもタブッキの想像力によって、ペソアが描いた以上に活きいきとみえるかが分かるだろう。

そのときタブッキの語るペソアの夢は、もしかしたらペソア自身が見た夢より、はるかに〈ほんとうの夢〉なのかもしれないと思えてくるはずだ。

オクタビオ・パスは、一九六二年にメキシコ国立自治大学から刊行されたペソア選詩集の序文のなかで、ペソア＝カエイロについてこう記している。

カエイロは太陽であり、そのまわりをレイスやカンポスや、そしてペソア自身が回っている。かれら全員のなかに否定や非現実の微粒子がある。レイスは形式を信じ、カンポスは感覚を、ペソアは象徴を信じる。カエイロは何ものをも信じない。存在するのだ。（二一三頁）

なにかの象徴としてではなく「存在する」夢——この書物のなかでタブッキが夢見た夢とはそんな夢なのかもしれない。

タブッキのもう一冊のペソアに関する書物、戯曲集（一九八八年）の表題のように、『果たせなかった対話』が夢のなかで実現され、繰りひろげられてゆくのに立ち会っているうち、いつのまにかタブッキの夢のなかに組み込まれてしまっている自分に気づく、そして自分の夢のなかでタブッキや二〇人の芸術家たちの夢が息づきはじめる――この『夢のなかの夢』もそんな書物に仕上がっていたらいいなと思う。

イタリアでは一九九二年三月に出版された小説『レクイエム』のなかで、タブッキはジプシー占いの老婆にこう語らせている。

このままじゃいけないね、二箇所で生きることなんてできないんだから、現実の側と夢の側とになんて、そんなだから幻覚に悩まされるのさ、あんたは両手をひろげて風景を横切る夢遊病者みたいなもので、あんたがふれるものはみんなあんたの夢に組み込まれちまう、八〇キロもある太った年寄りのあたしでさえ、あんたの手にさわっていると、なんだか空気に融けちまうみたいな感じがして、まるであんたの夢の一部になったような気がするもの。（二九頁）

イタリア語ではなく、「愛と内省の場である」ポルトガル語で直接書いたとタブッキが告白する美しい幻想譚から、この言葉を読者に贈ろう。そしてこの夢の書物を、最初に心を込めてつくってくれたいまは亡き津田新吾さんと、忘却の淵からふたたびこの世に送りだしてくれた岩波文庫編集長の入谷芳孝さんには、最大の感謝を。

二〇一三年七月

和田忠彦

*****

以下に、タブッキの主要著作リストを掲げる。

■ *Piazza d'Italia* (prima edizione, Bompiani, 1975–Feltrinelli, 1993)『イタリア広場』(村松真理子訳) 白水社、二〇〇九年

■ *Il piccolo naviglio* (Mondadori, 1978–Feltrinelli, 2011)

■*Il gioco del rovescio e altri racconti*(prima edizione, Il Saggiatore, 1981–Feltrinelli, 1988)『逆さまゲーム』(須賀敦子訳) 白水社、一九九五年、白水*u*ブックス、一九九八年

■*Donna di Porto Pim* (Sellerio, 1983)『ポルト・ピムの女』邦題『島とクジラと女をめぐる断片』(須賀敦子訳) 青土社、一九九五年、一九九八年(新装版)、二〇〇九年(新版)

■*Notturno indiano*(Sellerio, 1984)『インド夜想曲』(須賀敦子訳) 白水社、一九九一年、白水*u*ブックス、一九九三年

■*Piccoli equivoci senza importanza*(Feltrinelli, 1985)

■*Il filo dell'orizzonte*(Feltrinelli, 1986)『遠い水平線』(須賀敦子訳) 白水社、一九九一年、白水*u*ブックス、一九九六年

■*I volatili del Beato Angelico*(Sellerio, 1987)『ベアト・アンジェリコの翼あるもの』(古賀弘人訳) 青土社、一九九六年

■*Pessoana mínima*(Imprensa Nacional, Lisbon, 1987)

■*I dialoghi mancati*(Feltrinelli, 1988)

■*Un baule pieno di gente. Scritti su Fernando Pessoa*(Feltrinelli, 1990)

■*L'angelo nero*(Feltrinelli, 1991)『黒い天使』(堤康徳訳) 青土社、一九九八年
■*Sogni di sogni*(Sellerio, 1992)『夢のなかの夢』(和田忠彦訳) 本書
■*Requiem*(Feltrinelli, 1992)『レクイエム』(鈴木昭裕訳) 白水社、一九九六年、白水*u*ブックス、一九九九年
■*Gli ultimi tre giorni di Fernando Pessoa*(Sellerio, 1994)『フェルナンド・ペソア最後の三日間』(和田忠彦訳) 青土社、一九九七年
■*Sostiene Pereira. Una testimonianza*(Feltrinelli, 1994)『供述によるとペレイラは……』(須賀敦子訳) 白水社、一九九六年、白水*u*ブックス、二〇〇〇年
■*Dove va il romanzo*(Omicron, 1995)
■*La testa perduta di Damasceno Monteiro*(Feltrinelli, 1997)『ダマセーノ・モンテイロの失われた首』(草皆伸子訳) 白水社、一九九九年
■*Marconi, se ben mi ricordo*(Edizioni Eri, 1997)
■*L'Automobile, la Nostalgie et l'Infini*(Seuil, Paris, 1998)
■*La gastrite di Platone*(Sellerio, 1998)
■*Gli Zingari e il Rinascimento*(Feltrinelli, 1999)
■*Ena poukamiso gemato likedes* (*Una camicia piena di macchie. Conversazioni di*

A.T. con Anteos Chrysostomidis, Agra, Atene, 1999)

■ *Si sta facendo sempre più tardi. Romanzo in forma di lettere* (Feltrinelli, 2001)『いつも手遅れ』(和田忠彦訳)河出書房新社、二〇一三年

■ *Autobiografie altrui. Poetiche a posteriori* (Feltrinelli, 2003)『他人まかせの自伝――あとづけの詩学』(和田忠彦・花本知子訳)岩波書店、二〇一一年

■ *Brescia piazza della Loggia 28 maggio 1974-2004* (D'Elia Gianni; Tabucchi Antonio; Zorio Gilberto, Associazione Ediz. L'Obliquo, 2004)

■ *Tristano muore. Una vita* (Feltrinelli, 2004)

■ *Racconti* (Feltrinelli, 2005)

■ *L'oca al passo* (Feltrinelli, 2006)

■ *Il tempo invecchia in fretta* (Feltrinelli, 2009)『時は老いをいそぐ』(和田忠彦訳)河出書房新社、二〇一二年

■ *Viaggi e altri viaggi* (Feltrinelli, 2010)

■ *Racconti con figure* (Sellerio, 2011)

■ *Di tutto resta un poco* (Feltrinelli, 2013)

■ *Per isabel, una mandala* (Feltrinelli, 2013)

〔編集付記〕

本書は和田忠彦訳『夢のなかの夢』(青土社、一九九四年刊行)を文庫化したものである。今回の文庫化にあたっては、青土社から一九九七年に刊行された新装版所収のテクストを底本とし、若干の修訂をほどこした。

(岩波文庫編集部)

夢《ゆめ》のなかの夢《ゆめ》　タブッキ作

2013年9月18日　第1刷発行
2021年4月5日　第4刷発行

訳　者　和田忠彦《わだただひこ》

発行者　岡本　厚

発行所　株式会社　岩波書店
〒101-8002　東京都千代田区一ツ橋2-5-5

案内 03-5210-4000　営業部 03-5210-4111
文庫編集部 03-5210-4051
https://www.iwanami.co.jp/

印刷・精興社　製本・松岳社

ISBN 978-4-00-327061-5　Printed in Japan

読書子に寄す

――岩波文庫発刊に際して――

岩波茂雄

真理は万人によって求められることを自ら欲し、芸術は万人によって愛されることを自ら望む。かつては民を愚昧ならしめるために学芸が最も狭き堂宇に閉鎖されたことがあった。今や知識と美とを特権階級の独占より奪い返すことはつねに進取的なる民衆の切実なる要求である。岩波文庫はこの要求に応じそれに励まされて生まれた。それは生命ある不朽の書を少数者の書斎と研究室とより解放して街頭にくまなく立たしめ民衆に伍せしめるであろう。近時大量生産予約出版の流行を見る。その広告宣伝の狂態はしばらくおくも、後代にのこすと誇称する全集がその編集に万全の用意をなしたるか。千古の典籍の翻訳企図に敬虔の態度を欠かざりしか。さらに分売を許さず読者を繋縛して数十冊を強うるがごとき、はたしてその揚言する学芸解放のゆえんなりや。吾人は天下の名士の声に和してこれを推挙するに躊躇するものである。このときにあたって、岩波書店は自己の責務のいよいよ重大なるを思い、従来の方針の徹底を期するため、すでに十数年以前より志して来た計画を慎重審議この際断然実行することにした。吾人は範をかのレクラム文庫にとり、古今東西にわたって文芸・哲学・社会科学・自然科学等種類のいかんを問わず、いやしくも万人の必読すべき真に古典的価値ある書をきわめて簡易なる形式において逐次刊行し、あらゆる人間に須要なる生活向上の資料、生活批判の原理を提供せんと欲する。この文庫は予約出版の方法を排したるがゆえに、読者は自己の欲する時に自己の欲する書物を各個に自由に選択することができる。携帯に便にして価格の低きを最主とするがゆえに、外観を顧みざるも内容に至っては厳選最も力を尽くし、従来の岩波出版物の特色をますます発揮せしめようとする。この計画たるや世間の一時の投機的なるものと異なり、永遠の事業として吾人は微力を傾倒し、あらゆる犠牲を忍んで今後永久に継続発展せしめ、もって文庫の使命を遺憾なく果たさしめることを期する。芸術を愛し知識を求むる士の自ら進んでこの挙に参加し、希望と忠言とを寄せられることは吾人の熱望するところである。その性質上経済的には最も困難多きこの事業にあえて当たらんとする吾人の志を諒として、その達成のため世の読書子とのうるわしき共同を期待する。

昭和二年七月

《ドイツ文学》〔赤〕

ニーベルンゲンの歌 全二冊　相良守峯訳
若きウェルテルの悩み　ゲーテ　竹山道雄訳
ヴィルヘルム・マイスターの修業時代 全三冊　ゲーテ　山崎章甫訳
イタリア紀行 全三冊　ゲーテ　相良守峯訳
ファウスト 全二冊　ゲーテ　相良守峯訳
ゲーテとの対話 全三冊　エッカーマン　山下肇訳
スペインの太子 ドン・カルロス　シルレル　佐藤通次訳
改訳 オルレアンの少女　シルレル　佐藤通次訳
ヒュペーリオン ―希臘の世捨人　ヘルデルリーン　渡辺格司訳
青い花　ノヴァーリス　青山隆夫訳
夜の讃歌・サイスの弟子たち 他一篇　ノヴァーリス　今泉文子訳
完訳 グリム童話集 全五冊　金田鬼一訳
ホフマン短篇集　池内紀編訳
水妖記（ウンディーネ）　フーケー　柴田治三郎訳
O侯爵夫人 他六篇　クライスト　相良守峯訳
影をなくした男　シャミッソー　池内紀訳

流刑の神々・精霊物語　ハイネ　小沢俊夫訳
冬物語 ―ドイツ　ハイネ　井汲越次訳
ユーディット 他一篇　ヘッベル　吹田順助訳
芸術と革命 他四篇　ワーグナー　北村義男訳
ブリギッタ・森の泉 他一篇　シュティフター　宇多五郎・高安国世訳
みずうみ 他四篇　シュトルム　関泰祐訳
村のロメオとユリア　ケラー　草間平作訳
沈鐘　ハウプトマン　阿部六郎訳
地霊・パンドラの箱 ―ルル二部作　F・ヴェデキント　岩淵達治訳
春のめざめ　F・ヴェデキント　酒寄進一訳
ゲオルゲ詩集　手塚富雄訳
花・死人に口なし 他七篇　シュニッツラー　番匠谷英一・山本有三訳
リルケ詩集　高安国世訳
ドゥイノの悲歌　リルケ　手塚富雄訳
ブッデンブローク家の人びと 全三冊　トーマス・マン　望月市恵訳
トオマス・マン短篇集　実吉捷郎訳
魔の山 全二冊　トーマス・マン　関泰祐・望月市恵訳

トニオ・クレエゲル　トオマス・マン　実吉捷郎訳
ヴェニスに死す　トオマス・マン　実吉捷郎訳
車輪の下　ヘルマン・ヘッセ　実吉捷郎訳
漂泊の魂《クヌルプ》　ヘルマン・ヘッセ　相良守峯訳
デミアン　ヘルマン・ヘッセ　実吉捷郎訳
シッダルタ　ヘッセ　手塚富雄訳
ルーマニア日記　カロッサ　高橋健二訳
美しき惑いの年　カロッサ　手塚富雄訳
若き日の変転　カロッサ　斎藤栄治訳
幼年時代　カロッサ　斎藤栄治訳
指導と信従　カロッサ　国松孝二訳
ジョゼフ・フーシェ ―ある政治的人間の肖像　シュテファン・ツワイク　高橋禎二・秋山英夫訳
変身・断食芸人　カフカ　山下肇・山下萬里訳
審判　カフカ　辻瑆訳
カフカ短篇集　池内紀編訳
カフカ寓話集　池内紀編訳
三文オペラ　ブレヒト　岩淵達治訳

肝っ玉おっ母とその子どもたち　ブレヒト　岩淵達治訳
ドイツ炉辺ばなし集 ―カレンダーゲシヒテン　ヘーベル　木下康光編訳
憂愁夫人　ズーデルマン　相良守峯訳
悪童物語　ルウドキヒ・トオマ　実吉捷郎訳
ウィーン世紀末文学選　池内紀編訳
ティル・オイレンシュピーゲルの愉快ないたずら　阿部謹也訳
大理石像・デュランデ城悲歌　アイヒェンドルフ　関泰祐訳
改訳 愉しき放浪児　アイヒェンドルフ　関泰祐訳
チャンドス卿の手紙 他十篇　ホフマンスタール　檜山哲彦訳
ホフマンスタール詩集　川村二郎訳
陽気なヴッツ先生 他一篇　ジャン・パウル　岩田行一訳
インド紀行 全二冊　ボンゼルス　実吉捷郎訳
ドイツ名詩選　生野幸吉・檜山哲彦編
蝶の生活　シュナック　岡田朝雄訳
聖なる酔っぱらいの伝説 他四篇　ヨーゼフ・ロート　池内紀訳
ラデツキー行進曲 全二冊　ヨーゼフ・ロート　平田達治訳
ジャクリーヌと日本人　ヤーコプ　相良守峯訳

人生処方詩集　エーリヒ・ケストナー　小松太郎訳
三十歳　インゲボルク・バッハマン　松永美穂訳
第七の十字架 全二冊　アンナ・ゼーガース　山下肇・新村浩訳

《フランス文学》〔赤〕

ロランの歌　有永弘人訳
ラブレー第一之書 ガルガンチュワ物語　渡辺一夫訳
ラブレー第二之書 パンタグリュエル物語　渡辺一夫訳
ラブレー第三之書 パンタグリュエル物語　渡辺一夫訳
ラブレー第四之書 パンタグリュエル物語　渡辺一夫訳
ラブレー第五之書 パンタグリュエル物語　渡辺一夫訳
ピエール・パトラン先生　渡辺一夫訳
日月両世界旅行記　シラノ・ド・ベルジュラック　赤木昭三訳
ロンサール詩集　ロンサール　井上究一郎訳
エセー 全六冊　モンテーニュ　原二郎訳
ラ・ロシュフコー箴言集　二宮フサ訳
ブリタニキュス ベレニス　ラシーヌ　渡辺守章訳
ドン・ジュアン ―石像の宴　モリエール　鈴木力衛訳

完訳 ペロー童話集　新倉朗子訳
偽りの告白　マリヴォー　鈴木力衛訳
贋の侍女・愛の勝利　マリヴォー　佐藤実枝・井村順一訳
カンディード 他五篇　ヴォルテール　植田祐次訳
哲学書簡　ヴォルテール　林達夫訳
孤独な散歩者の夢想　ルソー　今野一雄訳
フィガロの結婚　ボオマルシェエ　辰野隆訳
危険な関係 全二冊　ラクロ　伊吹武彦訳
美味礼讃 全二冊　ブリアーサヴァラン　関根秀雄・戸部松実訳
アドルフ　コンスタン　大塚幸男訳
近代人の自由と古代人の自由・征服の精神と簒奪 他一篇　コンスタン　堤林剣・堤林恵訳
恋愛論 全二冊　スタンダール　杉本圭子訳
赤と黒 全二冊　スタンダール　桑原武夫・生島遼一訳
ゴプセック・毬打つ猫の店　バルザック　芳川泰久訳
艶笑滑稽譚 全三冊　バルザック　石井晴一訳
レ・ミゼラブル 全四冊　ユーゴー　豊島与志雄訳
死刑囚最後の日　ユーゴー　豊島与志雄訳

ライン河幻想紀行	ユーゴー	榊原晃三編訳
ノートル＝ダム・ド・パリ 全二冊	ユーゴー	辻昶・松下和則訳
モンテ・クリスト伯 全七冊	アレクサンドル・デュマ	山内義雄訳
三銃士 全二冊	デュマ	生島遼一訳
エトルリヤの壺 他五篇	メリメ	杉捷夫訳
カルメン	メリメ	杉捷夫訳
愛の妖精（プチット・ファデット）	ジョルジュ・サンド	宮崎嶺雄訳
ボヴァリー夫人 全二冊	フローベール	伊吹武彦訳
感情教育 全二冊	フローベール	生島遼一訳
紋切型辞典	フローベール	小倉孝誠訳
サラムボー 全二冊	フローベール	中條屋進訳
未来のイヴ 全二冊	ヴィリエ・ド・リラダン	渡辺一夫訳
風車小屋だより	ドーデー	桜田佐訳
月曜物語	ドーデー	桜田佐訳
パリ風俗 サフォ	ドーデー	朝倉季雄訳
プチ・ショーズ ―ある少年の物語	ドーデ	原千代海訳
少年少女	アナトール・フランス	三好達治訳

神々は渇く	アナトール・フランス	大塚幸男訳
テレーズ・ラカン 全二冊	エミール・ゾラ	小林正訳
ジェルミナール 全三冊	エミール・ゾラ	安士正夫訳
獣人 全二冊	エミール・ゾラ	川口篤訳
制作 全二冊	エミール・ゾラ	清水正和訳
水車小屋攻撃 他七篇	エミール・ゾラ	朝比奈弘治訳
氷島の漁夫	ピエール・ロチ	吉氷清訳
マラルメ詩集		渡辺守章訳
脂肪のかたまり	モーパッサン	高山鉄男訳
メゾンテリエ 他三篇	モーパッサン	河盛好蔵訳
モーパッサン短篇選		高山鉄男編訳
わたしたちの心	モーパッサン	笠間直穂子訳
地獄の季節	ランボオ	小林秀雄訳
にんじん	ルナアル	岸田国士訳
ぶどう畑のぶどう作り	ルナアル	岸田国士訳
博物誌	ルナール	辻昶訳
ジャン・クリストフ 全四冊	ロマン・ローラン	豊島与志雄訳

トルストイの生涯	ロマン・ローラン	蛯原徳夫訳
ベートーヴェンの生涯	ロマン・ローラン	片山敏彦訳
ミケランジェロの生涯	ロマン・ローラン	高田博厚訳
フランシス・ジャム詩集		手塚伸一訳
三人の乙女たち	フランシス・ジャム	手塚伸一訳
背徳者	アンドレ・ジイド	川口篤訳
法王庁の抜け穴	アンドレ・ジイド	石川淳訳
続コンゴ紀行 ―チャド湖より還る	アンドレ・ジイド	杉捷夫訳
ヴァレリー詩集	ポール・ヴァレリー	鈴木信太郎訳
精神の危機 他十五篇	ポール・ヴァレリー	恒川邦夫訳
若き日の手紙	フィリップ	外山楢夫訳
朝のコント	フィリップ	淀野隆三訳
シラノ・ド・ベルジュラック	ロスタン	辰野隆・鈴木信太郎訳
海の沈黙・星への歩み	ヴェルコール	河野與一・加藤周一訳
地底旅行	ジュール・ヴェルヌ	朝比奈弘治訳
八十日間世界一周	ジュール・ヴェルヌ	鈴木啓二訳
海底二万里 全二冊	ジュール・ヴェルヌ	朝比奈美知子訳

- プロヴァンスの少女（ミレイユ）　ミストラル　杉冨士雄訳
- 結婚十五の歓び　新倉俊一訳
- 死霊の恋・ポンペイ夜話 他三篇　ゴーチエ　田辺貞之助訳
- 火の娘たち　ネルヴァル　野崎歓訳
- パリの夜 —革命下の民衆　レチフ・ド・ラ・ブルトンヌ　植田祐次編訳
- 牝猫（めすねこ）　コレット　工藤庸子訳
- シェリ　コレット　工藤庸子訳
- シェリの最後　コレット　工藤庸子訳
- 生きている過去　レニエ　窪田般彌訳
- ノディエ幻想短篇集　ノディエ　篠田知和基編訳
- フランス短篇傑作選　山田稔編訳
- シュルレアリスム宣言・溶ける魚　アンドレ・ブルトン　巖谷國士訳
- ナジャ　アンドレ・ブルトン　巖谷國士訳
- 不遇なる一天才の手記　ヴォーヴナルグ　関根秀雄訳
- ヂェルミニィ・ラセルトゥウ　ゴンクウル兄弟　大西克和訳
- フランス名詩選　安藤元雄・入沢康夫・渋沢孝輔編
- 繻子の靴 全二冊　ポール・クローデル　渡辺守章訳

- A・O・バルナブース全集 全二冊　ヴァレリー・ラルボー　岩崎力訳
- 悪魔祓い　ル・クレジオ　高山鉄男訳
- 楽しみと日々　プルースト　岩崎力訳
- 失われた時を求めて 全十四冊　プルースト　吉川一義訳
- 丘　ジャン・ジオノ　山本省訳
- 子ども 全二冊　ジュール・ヴァレス　朝比奈弘治訳
- シルトの岸辺　ジュリアン・グラック　安藤元雄訳
- 星の王子さま　サン＝テグジュペリ　内藤濯訳
- プレヴェール詩集　小笠原豊樹訳

《東洋文学》〔赤〕

- 王維詩集　小川環樹・都留春雄・入谷仙介 選訳
- 杜甫詩選　黒川洋一 編
- 李白詩選　松浦友久 編訳
- 李賀詩選　黒川洋一 編
- 蘇東坡詩選　小川環樹・山本和義 選訳
- 陶淵明全集　全二冊　松枝茂夫・和田武司 訳注
- 唐詩選　全三冊　前野直彬 注解
- 完訳 三国志　全八冊　小川環樹・金田純一郎 訳
- 完訳 水滸伝　全十冊　吉川幸次郎・清水茂 訳
- 西遊記　全十冊　中野美代子 訳
- 菜根譚　洪自誠　今井宇三郎 訳注
- 浮生六記 ―浮生夢のごとし　沈復　松枝茂夫 訳
- 阿Q正伝・狂人日記 他十二篇（吶喊）　魯迅　竹内好 訳
- 魯迅評論集　竹内好 編訳
- 家　全二冊　巴金　飯塚朗 訳
- 寒い夜　巴金　立間祥介 訳
- 新編 中国名詩選　全三冊　川合康三 編訳
- 遊仙窟　張文成　今村与志雄 訳
- 唐宋伝奇集　全二冊　今村与志雄 訳
- 聊斎志異　全二冊　蒲松齢　立間祥介 編訳
- 白楽天詩選　全二冊　川合康三 訳注
- 文選　全六冊　川合康三・富永一登・釜谷武志・和田英信・浅見洋二・緑川英樹 訳注
- リグ・ヴェーダ讃歌　辻直四郎 訳
- マハーバーラタ ナラ王物語 ―ダマヤンティー姫の数奇な生涯　鎧淳 訳
- バガヴァッド・ギーター　上村勝彦 訳
- 朝鮮民謡選　金素雲 訳編
- 尹東柱詩集 空と風と星と詩　金時鐘 編訳
- アイヌ神謡集　知里幸惠 編訳
- アイヌ民譚集 付 えぞおばけ列伝　知里真志保 編訳

《ギリシア・ラテン文学》〔赤〕

- ホメロス イリアス　全二冊　松平千秋 訳
- ホメロス オデュッセイア　全二冊　松平千秋 訳
- イソップ寓話集　中務哲郎 訳
- アンティゴネー　ソポクレース　中務哲郎 訳
- ソポクレス オイディプス王　藤沢令夫 訳
- ヒッポリュトス ―パイドラーの恋　エウリーピデース　松平千秋 訳
- バッカイ ―バッコスに憑かれた女たち　エウリーピデース　逸身喜一郎 訳
- ヘシオドス 神統記　廣川洋一 訳
- アリストパネース 蜂　高津春繁 訳
- 女の議会　アリストパネース　村川堅太郎 訳
- アポロドーロス ギリシア神話　高津春繁 訳
- ギリシア・ローマ抒情詩選 ―花冠　呉茂一 訳
- 黄金の驢馬　アープレーイユス　呉茂一・国原吉之助 訳
- オウィディウス 変身物語　全二冊　中村善也 訳
- ギリシア・ローマ神話 付 インド・北欧神話　ブルフィンチ　野上弥生子 訳
- ギリシア・ローマ名言集　柳沼重剛 編
- ローマ諷刺詩集　ペルシウス・ユウェナーリス　国原吉之助 訳
- 内乱 ―パルサリア　全二冊　ルーカーヌス　大西英文 訳

《南北ヨーロッパ他文学》〔赤〕

ダンテ 新生 —— 山川丙三郎訳
抜目のない未亡人 —— ゴルドーニ 平川祐弘訳
珈琲店・恋人たち —— ゴルドーニ 平川祐弘訳
カヴァレリーア・ルスティカーナ 他十一篇 —— G・ヴェルガ 河島英昭訳
ルネッサンス巷談集 —— フランコ・サケッティ 杉浦明平訳
カルヴィーノ イタリア民話集 全二冊 —— 河島英昭編訳
むずかしい愛 —— カルヴィーノ 和田忠彦訳
パロマー —— カルヴィーノ 和田忠彦訳
カルヴィーノ アメリカ講義 —新たな千年紀のための六つのメモ —— 米川良夫 和田忠彦訳
まっぷたつの子爵 —— カルヴィーノ 河島英昭訳
魔法の庭・空を見上げる部族 他十四篇 —— カルヴィーノ 和田忠彦訳
愛神の戯れ —牧歌劇『アミンタ』 —— トルクァート・タッソ 鷲平京子訳
ペトラルカ ルネサンス書簡集 —— 近藤恒一編訳
わが秘密 —— ペトラルカ 近藤恒一訳
ペトラルカ 無知について —— 近藤恒一訳
美しい夏 —— パヴェーゼ 河島英昭訳

流刑 —— パヴェーゼ 河島英昭訳
祭の夜 —— パヴェーゼ 河島英昭訳
月と篝火 —— パヴェーゼ 河島英昭訳
休戦 —— プリーモ・レーヴィ 竹山博英訳
ウンベルト・エーコ 小説の森散策 —— 和田忠彦訳
バウドリーノ 全二冊 —— ウンベルト・エーコ 堤康徳訳
タタール人の砂漠 —— ブッツァーティ 脇功訳
七人の使者・神を見た犬 他十三篇 —— ブッツァーティ 脇功訳
ラサリーリョ・デ・トルメスの生涯 —— 会田由訳
ドン・キホーテ 前篇 全三冊 —— セルバンテス 牛島信明訳
ドン・キホーテ 後篇 全三冊 —— セルバンテス 牛島信明訳
セルバンテス短篇集 —— 牛島信明編訳
恐ろしき媒 —— ホセ・エチェガライ 永田寛定訳
エスピノーサ スペイン民話集 —— 三原幸久編訳
三大悲劇集 血の婚礼 他二篇 —— ガルシーア・ロルカ 牛島信明訳
エル・シードの歌 —— 長南実訳
娘たちの空返事 他一篇 —— モラティン 佐竹謙一訳

プラテーロとわたし —— J・R・ヒメーネス 長南実訳
オルメードの騎士 —— ロペ・デ・ベガ 長南実訳
父の死に寄せる詩 —— ホルヘ・マンリーケ 佐竹謙一訳
サラマンカの学生 他六篇 —— エスプロンセーダ 佐竹謙一訳
セビーリャの色事師と石の招客 他一篇 —— ティルソ・デ・モリーナ 佐竹謙一訳
ティラン・ロ・ブラン 全四冊 —— J・マルトゥレイ M・J・ダ・ガルバ 田澤耕訳
ダイヤモンド広場 —— マルセー・ルドゥレダ 田澤耕訳
完訳 アンデルセン童話集 全七冊 —— 大畑末吉訳
即興詩人 全二冊 —— アンデルセン 大畑末吉訳
アンデルセン自伝 —— 大畑末吉訳
ここに薔薇ありせば 他五篇 —— ヤコブセン 矢崎源九郎訳
ヴィクトリア —— クヌート・ハムスン 冨原眞弓訳
フィンランド叙事詩 カレワラ 全二冊 —— リョンロット編 小泉保訳
イプセン 人形の家 —— 原千代海訳
令嬢ユリェ —— ストリントベルク 茅野蕭々訳
ポルトガリヤの皇帝さん —— ラーゲルレーヴ イシガオサム訳
アミエルの日記 全四冊 —— 河野与一訳

クオ・ワディス 全三冊　シェンキェーヴィチ　木村彰一訳
おばあさん　ニェムツォヴァー　栗栖継訳
山椒魚戦争　カレル・チャペック　栗栖継訳
ロボット（R・U・R）　チャペック　千野栄一訳
牛乳屋テヴィエ　ショレム・アレイヘム　西成彦訳
完訳 千一夜物語 全十三冊　豊島与志雄・渡辺一夫・佐藤正彰・岡部正孝訳
ルバイヤート　オマル・ハイヤーム　小川亮作訳
ゴレスターン　サアディー　沢英三訳
アブー・ヌワース アラブ飲酒詩選　塙治夫編訳
中世騎士物語　ブルフィンチ　野上弥生子訳
コルタサル短篇集 悪魔の涎・追い求める男 他八篇　木村榮一訳
遊戯の終わり　コルタサル　木村榮一訳
秘密の武器　コルタサル　木村榮一訳
ペドロ・パラモ　ファン・ルルフォ　杉山晃・増田義郎訳
燃える平原　ファン・ルルフォ　杉山晃訳
伝奇集　J・L・ボルヘス　鼓直訳
創造者　J・L・ボルヘス　鼓直訳

続審問　J・L・ボルヘス　中村健二訳
七つの夜　J・L・ボルヘス　野谷文昭訳
詩という仕事について　J・L・ボルヘス　鼓直訳
汚辱の世界史　J・L・ボルヘス　中村健二訳
ブロディーの報告書　J・L・ボルヘス　鼓直訳
アレフ　J・L・ボルヘス　鼓直訳
語るボルヘス ―書物・不死性・時間ほか　J・L・ボルヘス　木村榮一訳
20世紀ラテンアメリカ短篇選　野谷文昭編訳
フエンテス短篇集 アウラ・純な魂 他四篇　木村榮一訳
アルテミオ・クルスの死　フエンテス　木村榮一訳
グアテマラ伝説集　M・A・アストゥリアス　牛島信明訳
緑の家 全二冊　バルガス＝リョサ　木村榮一訳
密林の語り部　バルガス＝リョサ　西村英一郎訳
ラ・カテドラルでの対話　バルガス＝リョサ　旦敬介訳
弓と竪琴　オクタビオ・パス　牛島信明訳
失われた足跡　カルペンティエル　牛島信明訳
ラテンアメリカ民話集　三原幸久編訳

やし酒飲み　エイモス・チュツオーラ　土屋哲訳
薬草まじない　エイモス・チュツオーラ　土屋哲訳
ジャンプ 他十一篇　ナディン・ゴーディマ　柳沢由実子訳
マイケル・K　J・M・クッツェー　くぼたのぞみ訳
ミゲル・ストリート　V・S・ナイポール　小沢自然・小野正嗣訳
キリストはエボリで止まった　カルロ・レーヴィ　竹山博英訳
クァジーモド全詩集　河島英昭訳
ウンガレッティ全詩集　河島英昭訳
クオーレ　デ・アミーチス　和田忠彦訳
冗談　ミラン・クンデラ　西永良成訳
小説の技法　ミラン・クンデラ　西永良成訳
世界イディッシュ短篇選　西成彦編訳

《ロシア文学》〔赤〕

オネーギン　プーシキン　池田健太郎訳
スペードの女王・ベールキン物語　プーシキン　神西清訳
狂人日記 他二篇　ゴーゴリ　横田瑞穂訳
外套・鼻　ゴーゴリ　平井肇訳
イワーン・イワーノヰッチとイワーン・ニキーフォロヰッチとが喧嘩をした話　ゴーゴリ　原久一郎訳
日本渡航記 —フレガート「パルラダ」号より　ゴンチャロフ　井上満訳
平凡物語 全二冊　ゴンチャロフ　井上満訳
ルージン　ツルゲーネフ　中村融訳
ツルゲーネフ 散文詩　神西清・池田健太郎訳
オブローモフ主義とは何か？ 他一篇　ドブロリューボフ　金子幸彦訳
貧しき人々　ドストイェフスキイ　原久一郎訳
二重人格　ドストエフスキー　小沼文彦訳
罪と罰 全三冊　ドストエフスキー　江川卓訳
白痴 全二冊　ドストエーフスキイ　米川正夫訳
カラマーゾフの兄弟 全四冊　ドストエーフスキイ　米川正夫訳
アンナ・カレーニナ 全三冊　トルストイ　中村融訳

幼年時代　トルストイ　藤沼貴訳
戦争と平和 全六冊　トルストイ　藤沼貴訳
トルストイ民話集 人はなんで生きるか 他四篇　中村白葉訳
トルストイ民話集 イワンのばか 他八篇　中村白葉訳
イワン・イリッチの死　トルストイ　米川正夫訳
光あるうちに光の中を歩め　トルストイ　米川正夫訳
クロイツェル・ソナタ　トルストイ　米川正夫訳
復活 全二冊　トルストイ　藤沼貴訳
人生論　トルストイ　中村融訳
かもめ　チェーホフ　浦雅春訳
桜の園　チェーホフ　小野理子訳
六号病棟・退屈な話 他五篇　チェーホフ　松下裕訳
シベリヤの旅 他三篇　チェーホフ　神西清訳
チェーホフ 妻への手紙 全二冊　湯浅芳子訳
ともしび・谷間 他七篇　チェーホフ　松下裕訳
サーニン 全二冊　アルツィバーシェフ　中村白葉訳
ゴーリキー短篇集　上田進・横田瑞穂訳編

どん底　ゴーリキイ　中村白葉訳
魅せられた旅人　レスコーフ　木村彰一訳
かくれんぼ・毒の園 他五篇　ソログープ　中山省三郎・昇曙夢訳
ベリンスキー ロシヤ文学評論集 全二冊　除村吉太郎訳
巨匠とマルガリータ 全二冊　ブルガーコフ　水野忠夫訳

岩波文庫の最新刊

江戸漢詩選（下）
揖斐高編訳

社会の変化と共に大衆化が進み、ますます多様に広がる江戸漢詩の世界。無名の町人や女性の作者も登場してくる。下巻では後期から幕末を収録。（全二冊）
〔黄二八五-二〕 本体一二〇〇円

禅の思想
鈴木大拙著

禅の古典を縦横に引きながら、大拙が自身の禅思想の第一義を存分に説く。振り仮名と訓読を大幅に追加した。（解説＝横田南嶺、解題＝小川隆）
〔青三二三-七〕 本体九七〇円

奴婢訓 他一篇
スウィフト作／深町弘三訳

召使の奉公上の処世訓が皮肉たっぷりに説かれた「奴婢訓」。他にアイルランドの貧困処理について述べた激烈な「私案」を付す。奇作二篇の味わい深い名訳を改版。
〔赤二〇九-二〕 本体五二〇円

ケサル王物語 ―チベットの英雄叙事詩―
アレクサンドラ・ダヴィッド＝ネール、アプル・ユンテン著／富樫瓔子訳

古来チベットの人々に親しまれてきた一大叙事詩。仏敵調伏のため神々の世界から人間界に転生したケサル王の英雄譚。（解説・訳注＝今枝由郎）
〔赤六二一-一〕 本体一一四〇円

……今月の重版再開……

山の音
川端康成作

〔緑八一-四〕 本体八一〇円

夕鶴・彦市ばなし 他二篇 ―木下順二戯曲選Ⅱ―
木下順二作

〔緑一〇〇-二〕 本体七四〇円

定価は表示価格に消費税が加算されます　2021. 3

岩波文庫の最新刊

カミュ作／三野博司訳
ペスト
突然のペストの襲来に抗う人びとを描き、巨大な災禍のたびに読み直される現代の古典。カミュ研究の第一人者による新訳が作品の力を蘇らせる。
〔赤N五一八-一〕　定価一三二〇円

イェンセン作／長島要一訳
王の没落
デンマークの作家イェンセンの代表作。凶暴な王クリスチャン二世と破滅的な傭兵ミッケルの運命を中心に一六世紀北欧の激動を描く。
〔赤七四六-一〕　定価一一二二円

ヘーゲル著／上妻精・佐藤康邦・山田忠彰訳
法の哲学(下)
―自然法と国家学の要綱―
一八二一年に公刊されたヘーゲルの主著。下巻は、家族から市民社会、そして国家へと進む「第三部 人倫」を収録。現代にも通じる洞見が含まれている。（全二冊）
〔青六三〇-三〕　定価一三八六円

ヴァルター・ベンヤミン著／今村仁司、三島憲一 他訳
パサージュ論(三)
夢と覚醒の弁証法的転換に、ベンヤミンは都市の現象を捉え、根源の歴史に至る可能性を見出す。思想的方法論や都市に関する諸断章を収録。（全五冊）
〔赤四六三-五〕　定価一三二〇円

……今月の重版再開……

田山花袋作
一兵卒の銃殺
定価六一六円
〔緑二一-五〕

ミシェル・ビュトール作／清水徹訳
心変わり
定価一二五四円
〔赤N五〇六-一〕

定価は消費税 10% 込です　2021. 4